袁犯曾经仰湖底无主义者，但在遇见汪露峨以后，他开始认清，原来心里那所谓空虚寂寞的宏庵又是一场幻象，一只手在他眼前撕开一道口子，幻象散去，火花就地闪烁起来。

他顿悟，原来生活的意义，竟是如此鲜活而简单。

至少，
她抓住了这一刻。

Yuan Bei
×
Wang Luxi

南北西东

拉面土豆丝 著

江苏凤凰文艺出版社
JIANGSU PHOENIX LITERATURE AND ART PUBLISHING

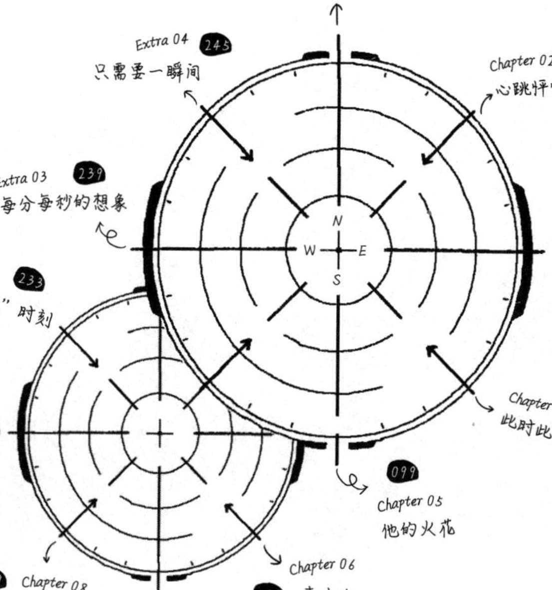

Contents

- Chapter 01　袁北，北方的北　001
- Chapter 02　心跳怦怦　023
- Chapter 03　夏天还没结束　045
- Chapter 04　此时此刻　073
- Chapter 05　他的火花　099
- Chapter 06　喜欢你　127
- Chapter 07　暴风雨　171
- Chapter 08　无数个春夏秋冬　189
- Extra 01　初雪　219
- Extra 02　"不稳定"时刻　233
- Extra 03　每分每秒的想象　239
- Extra 04　只需要一瞬间　245

Chapter 01

袁北，北方的北

袁北从公司辞职后,保持多年的、稳定的生物钟忽然被打乱了。

他觉得自己好像一只原本在跑轮里习惯飞奔的仓鼠,一旦拆了跑轮,顿感无所适从。

他待在家里,补看之前想看还没看的美剧,玩游戏,看电影……上班时曾无暇做的事,现在一口气安排上,却还是填不满时间。他以前觉着生活像是一整块绷紧了的塑料布,现在,这块塑料布破了一个大洞,呼呼灌风。

发小打来电话时是晚上,袁北精神得很。

对面的人惊讶地道:"哎,没睡?这不像你啊。"

"所以你打电话,就是为了看我是不是醒着?"

发小:"……"

发小紧接着的原话是,江湖救急,要找袁北救命。

"暑期人太多,大家都忙不过来了,原来那个导游中暑爬不起来,临时找人顶替他根本找不着,后天需要导游接一个二十人的团,可不能办不好啊。"

发小是做旅游行业的,北京旅游没有淡季,只有旺季和更旺季,工作人员都一个人能被当成八个人使,忙的时候就连后台做导调和销售的人员都要冲上一线。袁北不止一次看过他在朋友圈抱怨了。

发小说:"我记得你考过导游证,是吧?"

袁北正蹲着铲猫砂,屏着呼吸,没说话。

"反正你最近不上班,正好有空,帮我带一下团。"发小发来几个 Excel 文件,里面是旅行团的行程和人员信息,"一天,就后天一天,之后我找人顶上。"

"不去。不爱帮闲。"

猫砂盆清理干净了,两只猫抢着跳进去酝酿。袁北趿拉着拖鞋去洗漱。

"这叫帮闲?都火烧眉毛了!"发小那边的语调提高了几分,"我请不动你,还是怎么?"

一段沉默过后,袁北听见发小说:"那双鞋,就你看上的那双,送你。"

"送?"

"送!"

袁北和发小都喜欢鞋。

男生的兴趣爱好如此幼稚且简单,从大学时这个品牌的鞋兴起,他们俩对鞋的爱好便一发不可收拾。他们经常买了喜欢的鞋也不穿,只收藏,摆着看,看腻了再卖二手,偶尔也能赚点儿小差价。袁北家里有一整面鞋墙,当然,他也有想买但加价都买不到的款。

袁北站在鞋墙前打量着。

"行,一天。"

他琢磨着得给新鞋腾个地儿。

"还有一件事。"发小说。

"说。"

"还有三个游客没到呢,我这边的司机也有点儿排不开,我把那三个游客的信息发你,你明晚去机场接一下。三个人的航班时间差不多,一趟就能接完。"

袁北想说:"你没完了是吧?这双鞋给得够值啊?"

那头已经挂了电话。

他发过去一条语音消息,两个字:"不去。"

没有得到回应。

北京首都国际机场。

汪露曦一觉醒来,睡落枕了。

她图便宜,选了晚上的航班,但出发时因为天气不佳延误了两个多小时,落地时都过了零点。

好在,首都机场从来都是热热闹闹的,不论昼夜。

她歪着脖子从航站楼走出来,裹着热意的晚风打在脸上,她深呼吸一下,然后莫名其妙地笑了起来,特别响亮,惹得身边路人皆是一怔,向她瞟过来。

真好啊,真好。

汪露曦按照妈妈的嘱托,检查了一下行李箱,锁得好好的呢,安全。她又翻了翻双肩包——身份证在,钱包在,充电器在。她第一次独自出远门,到达了目的地,一切都很顺利。

她在心里给自己竖起了大拇指。汪师傅!牛哇!

唯一一个亟待解决的小麻烦,是她要赶快联系旅行社。

她报的团是有接机服务的。飞机起飞前,她在群里"艾特"导游,告诉对方航班延误了,因此接机时间也要往后推,可是没有得到回复。

这会儿她站在机场翻群消息。二十人的大团,众人在群里七嘴八舌地讨论行程,红点上的数字早就显示"99+"了,她的消息自然被顶了上去,可群内导游始终没动静,未发一言。

导游把她给忘了?汪露曦点了一下导游的头像,拨了一个语音电话过去。对方马上接了电话。

响起一道年轻的男声,还挺好听的,态度热情,问她:"到了吗?在哪里?行李多不多?"

"不好意思啊,妹妹,现在是暑期,旅游的人多,我们接送机的司机都是一早定好的,你这突然延误了,我实在没法临时安排。不瞒你说,今晚还有两个人跟你的时间差不多,比你早,他们刚被接走了……要不这样,我把酒店的地址发你,你打车,或者你下单网约车,我报销,成不?"

哦。

汪露曦在内心揣度片刻,觉得对方说得也合理。毕竟是她迟到了。

她挂了电话,打开网约车APP。

可前方等待人数那里显示的数字,成了首都送给她的第一个"惊吓"。

汪露曦暗自惊叹,这不得排到天亮?她一边排着队,一边在群内发言,问那个导游是不是有机场大巴。

汪露曦:我在8号门,要往哪里走?

导游又消失了。

回答她的是其他旅友，还提醒她，现在这个时间，大巴线路应该不多了。

汪露曦只好放弃乘坐机场大巴的想法。

她看了一眼几乎未变的网约车等待人数，找地儿坐下，又从包里翻出耳机戴上。

第一首歌还没播放完前奏，她忽然听见有人喊自己的名字。

"汪露曦。"

尾音不是上扬的，并非不确定的疑问语气，仿佛很笃定。

她只好又摘下耳机，回头，目光往四处扫。

喊她名字的是一个陌生人——一个陌生的年轻男人。

汪露曦愣愣地站了起来，不由自主地上下打量对方，随即又添加了一个定语——一个陌生的、好看的年轻男人。

他穿着白色T恤，配宽大的米色工装短裤，偏日系，一身干净的搭配，身形高高瘦瘦，而且皮肤白。

比她白多了。

航站楼里的灯光透过硕大的玻璃投射到外面，汪露曦借着这光看清男人的面庞——他的眉眼是清淡的，鼻梁高挺，有一种介于少年与成年男人之间的线条轮廓感。

她在心里给"好看"两个字又重重地描上几笔。

"你谁啊？"汪露曦脱口而出。

下一秒，她又觉得不礼貌，改了口，声音也温和了些："你认识我？"

男人看了看她手边的行李箱，嗯了一声："我是接你的导游。走吧。"说着便伸手过来。

骗子！！！汪露曦的脑袋里登时冒出三个大感叹号，把她刚萌生出的一点点花痴小心思击得粉碎。

她猛地往后退了一步，把行李箱往身前一拽，跟他隔开两个人的距离，态度变得警觉起来："啊？我刚才和我的导游通过电话了，不是你吧？"

声音不对，语气不对。

哎，不是，这人从哪里钻出来的？

汪露曦觉得十分迷茫："你是谁啊？"

男人没有马上回答，只是摸了摸鼻梁，眼睛往一边瞟了一下。

其实袁北是在无语。

殊不知，这细微的动作在汪露曦眼里，成了他心虚的证据。小姑娘握着行李箱拉杆的那只手肉眼可见地紧了几分，她直直地盯着他，昂着头，表情并不友善。

"算了。"袁北败下阵来，也懒得解释，"你给你的导游打电话吧，然后开免提。"

小姑娘没动，脸色很难看。

袁北觉得更烦躁了。

他开始后悔。今晚他明明已经接到另外两个人，把他们顺利地送到酒店去了，按理说，可以不必再跑第二趟，航班延误与他何干？

可他偏偏看了旅客信息，还没到达的是一个小姑娘，按身份证上的出生日期算，不过刚满十八岁一个月多点儿，这个年纪，在这个季节，多半就是高考结束来报团玩，相当于毕业旅行。

小姑娘。

一个人。

这大半夜的。

他本来都快到自家楼下了，可还是一踩油门又拐了回来。

他是好心，奈何人家不领情。

眼前这个人个子看上去小小的，安全意识却是满分，对方的眼神死死地跟着他，手里紧攥着行李箱，然后将信将疑地打开了手机。

"等下，我要先确认一下。"

汪露曦单手握着手机，心跳很快。

四周的车很多，人也很多，嘈杂的环境让她稍稍镇定了些。就算是骗子，也没办法在大庭广众之下把她掳走吧？更何况，这可是在皇城根儿下。

等待电话接通的片刻，她尝试措辞："那个……你见过我吗？我的意思是，你怎么找到我的？"

只因为她实在好奇，这人来人往的，现在的骗子还有人脸识别系统？靠什么对上号的？

袁北没说话。

他不好意思说出口，就她刚刚背着双肩包、戴着耳机，坐在门口大理石墩子上晃腿的姿态，就差把"我是大学生"几个字写在脑门儿上了。

网上对大学生有一个热门的形容，说他们有种显而易见的单纯。袁北觉得单纯倒谈不上，但身上那股精神抖擞的劲儿，确实挺有辨识度的。

他也有过。

谁没经历过十八岁呢？

只是踏入社会几年，他那股精神劲儿很容易就被磨没了。

袁北还有点儿想笑。只因汪露曦一直歪着脑袋,梗着脖子,抬头看他。

这小姑娘胆子小,却还挺嚣张。

"没接。"汪露曦揉了揉落枕的那一块地方,她不放弃,再次将电话拨了过去,顺便对袁北说,"我不能跟你走,除非我的导游接电话,还有,你要把你的身份证,还有我的旅游合同都给我看过才行。"

袁北瞧她一眼,眼皮一敛一扬。

"行,你接着打电话吧,我等着。"他抬手攥住她拿着手机的那边手腕,没用多大力气地一拉,就将她的手机屏幕正过来,屏幕上,通话还未被接通,小姑娘被他拽得一愣。

他没去看她的表情:"还有五分钟,到凌晨一点,要是你还联系不上,我也没办法。"

"没办法?然后呢?"

"然后你接着等车。"

"那你呢?"

"我回去歇着了,到我睡觉的点了。"袁北坐到了汪露曦刚刚坐过的大理石圆墩子上。

"我叫袁北。北方的北。"他说。

原本今晚他要早点儿睡,调一下生物钟,看这情况,又没戏了。

袁北转头看向汪露曦,谁知小姑娘也在悄悄看他,视线碰上,只一下,她就装作若无其事地迅速挪开了目光,继续打电话。

她还踮了两下脚,双肩包拉链上的挂饰晃了晃。

袁北也将目光收了回来。

二〇二三年,北京的夏天高温天气频发,气温屡次逼近40℃。

新闻里都说,这可能是北京有史以来最热的一年。

好在他们身后便是机场的自动玻璃门,门频繁地一开一合间,大厅内的冷气就会一股一股地往外冒,给这溢满热气的夜晚添了一点点微不足道的凉。

汪露曦很亢奋。第二天天刚亮,她醒得比闹钟早,统共没睡几个小时。

旅行社安排的酒店位置挺好,她能在酒店房间里远远地看到中国尊,还有中央电视台那栋"大裤衩"总部大楼的一个尖角。

汪露曦把窗帘掀开了一条缝,透过那条缝看晨起的太阳光逐渐由朦胧变清澈,再轻轻巧巧地落在那尖角之上,像是给首饰抛光,镶嵌上宝石。尖角反射的光很刺眼,但也迷人。

她有点儿出神。

人在十八岁的年纪,眼睛是长在前头的,只会朝前看,没什么可回首,更没什么可遗憾,永远神采奕奕。

汪露曦对着风景幻想自己未来四年在北京的学习和生活。

身后有人起床了,窸窸窣窣的。

这个旅行团的住宿标准是两个人一间,如果单住要补差价,有点儿贵,汪露曦没舍得。幸好和她同住一间标间的是一位很和善的老奶奶,也是独自来玩。她们聊过两句,聊得很融洽,对方看她就像看自家孩子。

这时,老奶奶问汪露曦:"怎么起这么早?"

"兴奋,睡不着。"汪露曦笑起来,露出的大白牙齐整,脸上还有两个明显的酒窝。

"现在的年轻人出来玩，很少报旅行团吧？我这个是我女儿给我订的。"

汪露曦解释："是因为报团省事，吃住不用操心，而且很多景点需要讲解，我怕一个人逛不明白。最重要的是，我提前算过了，一个人的话，跟团走更便宜，还安全。"

"小姑娘真厉害。"老奶奶朝她竖大拇指。

暑期北京各景点的门票都不好抢，各旅行社会对行程灵活地调整。她们报的旅行社原本计划这个团的第一个行程是去故宫，结果要把这个行程往后挪，改成了第一天去天坛。

汪露曦觉得无所谓，去哪儿都行。

她以最快的速度吃完早饭，还用塑料袋装了一个水煮蛋塞在双肩包侧边，第一个冲上了车。

天坛是古代用来祭祀的场所，也是国内现存最大的祭祀性古建筑群。它的宏大气势从这些名胜古迹的名字就可以体现出来：祈年殿、圜丘坛、皇穹宇……

汪露曦在密集的游客之中钻过来钻过去，又驻足于各个景点介绍栏前。

皇穹宇正中间有一个祭祀神位，上书"皇天上帝"，是为百姓祈求风调雨顺，五谷丰登。这让汪露曦十分感慨：看来在古代当皇帝也挺不容易的，逢年过节天不亮就要来祭祀，风雨不误。

她拽了拽脑袋上的防晒帽，又把下巴处的系绳系紧，全副武装，走到远处找角度自拍，刚好听见不远处导游的解说说到"天坛的建造理念符合我国古代天圆地方的观念，是古人为了与天地产生'链接'，这体现了古代中国人的宇宙观"。

汪露曦往那边看了一眼。

除了零星几个和她一样"散漫"的游客，只顾拍照不听讲解，团里的其他人都还是围绕着导游，像是稳固的星环。

她眯起眼睛，看到在讲解的男人高瘦的身形，还有一片白色的衣角。

那人不是骗子，确实是她的导游。

昨晚在她持之以恒的等待下，过了足足二十分钟，打了无数个电话，终于联系到旅行社那边，短暂交涉后，她上了他的车。

"早上好，我是今天的导游。我叫袁北，北方的北。"

今天早上他就是这样介绍自己的，惜字如金，和昨晚一模一样。

景区人太多了，不论是团队游客，还是散客。

汪露曦保持高度专注，视线在人群之中拐了不知多少个弯，执着地贴在袁北身上。

他好像根本不怕晒。

对比其他导游都是戴着帽子穿着冰袖再加挂脖小风扇，袁北的装扮简单得过了头，依然是宽大的白T恤配工装裤，鞋子就是白色的基础款，显得很干净。

汪露曦回想到自己高中住校时的日子。

有些看着容易的小事，只有自己做了，才知道有多难，比如坚持护肤、防晒，再去赶早上八点的课；比如洗一件有油点子的白色衣服；再比如刷一双白鞋。这都很花时间。

汪露曦觉得他是一个爱干净且愿意为小事花时间和精力的人——

更准确地说，这句评价的落点应该是"的帅哥"。

她暂且这么想。

不过人无完人，总有美中不足的地方。可惜了，这个帅哥光有好看的皮囊，解说也太差劲了，像是业务不熟练，又像是没睡醒。

众人沿着景点的大路逛完一圈，离开前有短暂的休息时间，人群四散。

汪露曦走到天坛公园东门附近，坐在长椅上给好朋友打电话："好倒霉啊，碰到一个不太专业的导游，看上去应该是新手，或是临时工，讲得磕磕巴巴的，时不时还要看看手机，我猜是没背熟词。"

朋友说："那怎么办，投诉？"

"我也想投诉来着，还是算了吧，他说他只带一天，明天就换人了，"汪露曦顿了顿，忽然笑了一声，"我跟你说，他也不是一无是处吧，起码养眼，嘿，长得真帅。"

朋友好像又说了一句什么，但被一阵吵嚷声打断了。带团导游胸前大多别着麦克风，有人在不远处高喊："这边集合一下！"

汪露曦下意识就要跟着去，站起来走了两步又停住。

看错了，不是她的团。

再看手机，朋友那边已经挂断电话了。

她又回到长椅上坐着。她在双肩包侧边掏啊掏，掏出早上打包的鸡蛋。鸡蛋被压瘪了，但不耽误吃，就是她空口吞下了一个蛋黄，噎得要命，还打了一个嗝。

包里好像还有半瓶矿泉水。

她伸手进去翻，还没探到底，就听见咔嗒、刺啦，那是拉开罐装碳酸饮料拉环、气泡汹涌而出爆裂的声响。

她循声回头。

袁北就站在她身后的一步之外。

也可能比一步的距离更近一点儿。

他走路没声音。

汪露曦看到他的额头在阳光的直射下有一点点汗迹，皮肤白的人，汗迹会更显眼，闪光似的。

他双手各拿了一罐可乐，其中一罐他刚打开。冷凝的水珠顺着金属罐外壁滑到他的手指上，再到他干净整洁的甲缘。

"喝吗？"他朝她抬抬下巴。

声音不大，他别着的小麦克风好像是没电了。

汪露曦当然没敢接。她的目光游移，最终定格在袁北的脸上："我好了。"

袁北问："什么好了？"

"我不打嗝了。"汪露曦把蛋壳碎皮用塑料袋包好，攥在手里。

"你确定？"袁北一动未动，递可乐的手还擎着，"讲那么多话，不渴？"

汪露曦的脑袋像短暂地宕机了一样。

她既想不起自己刚刚都讲了些什么，也不知袁北是何时站在她身后的，大脑就像电脑忽然开启了节能模式，只能单线程运作。面对眼前这张好看的脸，她甚至忘记自己明明是占理的——是对方偷听，对方是偷听的贼。

这个贼一直看着她。

汪露曦用自己阅读言情小说多年积累的经验，在脑海中尝试描述对方——他的眼型是桃花眼，但眼型稍长，淡化了轻佻，多了点儿冷清，再加上他总是不自觉地眼皮微耷，就容易显得懒洋洋的。

她以同样直视的眼神锲而不舍地回敬他。

过了很久。

对方懒洋洋的目光才终于从她身上挪开了。

"你……"汪露曦想开口问他都听到什么了，还想把那罐可乐接过来，但袁北比她快，已经收回了手。他独享两罐可乐，并且欣然坐在了她旁边。

长椅挺宽敞，两个人中间仿佛隔了楚河汉界。

汪露曦没说完的话卡在嗓子眼，她只能默默地从包里把剩的半瓶矿泉水拿出来，小口抿着喝。

"你是专业导游吗？"她问。

还没到集合时间，汪露曦到底受不了这种尴尬的气氛，得随便聊点儿什么。

"不是。"袁北打了一个哈欠，将胳膊肘撑在膝上，望向一边，略有疲态。

"你很困吗？"汪露曦问。

"有点儿。"

"你也没睡好？"

"你猜。"

袁北觉得这姑娘怕是记性不大好，昨晚他送她到酒店时就已经是凌晨。

他不是没睡好，而是根本没睡，生物钟本就混乱，昨晚到家他洗了澡，铲了猫砂，给猫放好粮，好不容易有点儿睡意，天都亮了。

汪露曦对此全然不知。

她还在继续追问："你不是专业导游，那是做什么的？你有导游证吗?不会是挂靠吧?"

袁北转头,看她一眼:"查户口?"

"不是,不是,"汪露曦赶紧摆手,"纯好奇,感觉你……略有生疏。"

袁北在心里笑了一声,这委婉的用词听着更刺耳,还不如直截了当呢。

"朋友叫我来帮忙,我说了,明天就给你们换专业的导游。"

"哦。"汪露曦顿了顿,又重复一遍,"那你呢?你是做什么的啊?"

袁北还是没回答。

他喝了一口可乐,问道:"刚高考完?"

汪露曦点点头:"对!刚拿到录取信息,我要来北京读大学!本来八月末才报到的,我在家待不住,太无聊了,就想来玩一玩。提前一个月来,应该能逛不少地方!"

袁北这下笑了出来,就笑了一声,声音很轻。缘由未知,汪露曦暂时摸不准。

笑够了,他又问:"来北京读大学,哪一所?"

汪露曦报了一个大学名,位于五道口,附近学校扎堆。

"哦。"袁北多了句嘴,"那我们是校友。我比你大……几届。"

"啊?真的假的?"汪露曦腾的一下从长椅上站起来。

袁北吓了一跳:"干什么?怎么了?"

"这么巧!"汪露曦是真的觉得奇妙,她临时决定的这场旅行,阴差阳错认识的导游竟然跟她有这样的缘分,她特别想和袁北握一握手,"你好啊,学长!"

毫不夸张地说,一声"学长"把袁北的鸡皮疙瘩撩起来了,这个称呼他好像从毕业以后就没听过了。

"别这么叫我,"他说,"我……"

"我知道,袁北,北方的北。"汪露曦的心情忽然变得无限好,她再次坐回去,这次两个人离得近了点儿,"我就说吧,北京这个地方很神奇的!"

有什么神奇的?

袁北生在这里,长在这里,读书、生活、工作都在这里,一天天、一年年过去了,他没觉得有什么神奇。

他问:"你一个人?"

"啊?"

"一个人来玩?"

"对啊,原本想跟我朋友一起来的,但是她出国去了……我还是想先在国内玩一玩,我比较喜欢历史厚重一点儿的地方,有古建筑之类的,比如北京、南京、洛阳,还有西安……去年暑假我和我妈妈在西安玩了一圈。哎,对了,这是我第一次自己出远门,昨天我妈妈说……"

袁北更新了昨晚对汪露曦的第一印象——这个姑娘的安全意识其实并不是很强,没什么心眼子,还是个话痨,说起话来就跟唱歌似的,只需起个头,只要不打断,她就能一直往下继续,旋律高昂,情绪热烈。

她已经讲到自己这次出来玩带了多少钱。

袁北捏了捏易拉罐,挑了一个合适的气口打断了她:"你刚刚拍什么呢?"

"哦,给你看。"

汪露曦出来旅行的拍照设备并不专业,除了手机,就是一个浅蓝色外壳的拍立得,握在手里像一个小玩具。

她把刚刚拍出来的几张相纸给袁北看。

因为很多照片都是反过来的自拍,所以取景、构图方面非常草率,有的只露一只眼睛,有的只露下巴和笑起来的两排牙,身后则是由光洁的砖石搭成的丹陛桥一角,或是祈年殿的檐上蓝瓦,还有圆顶攒尖儿。阳光真好,屋檐上似有金光。

袁北还未发表评论,汪露曦就刚好把手机屏幕倾斜过来。

"这个是我。"她指了指袁北手里的相纸,然后又指了指手机屏幕,"这个也是我。"

和显像不久的拍立得相纸不同,手机屏幕上的那张照片布满噪点,一看就有年头了,泛着年代感的模糊颗粒像是蒙着的一层夕阳。夕阳之中,一个小姑娘穿着凉鞋和小白裙,举着一个彩色大风车,一脸不高兴。

汪露曦解释,这是她小时候第一次来北京时拍的照片。那时她是跟着爸爸、妈妈出差来的,顺便旅游,也是在天坛,一样的游人如织,一样的祈年殿,一样的背景。照片里的她当时急着想去吃烤鸭,闹脾气来着。

她算了算,至少也有十几年之久了。

她刚刚循着这些照片里的风景,故地重游了一番,想看看有什么变化,却发现那些景点和建筑与多年前的相比,没一点儿不同。

变化的好像只有拍照设备,还有人。

"很神奇,是不是?"

这是汪露曦今天第二次提到"神奇"这个词,依旧没有得到回应。

袁北只是接过她的手机，将那张老照片放大来看。

很久的一段沉默后，手机才被递还。

"那边的树，去看了吗？"袁北又打了一个哈欠。

"什么树？"

"你在学校也不听讲？觉得老师不专业，就不听他的课？"

汪露曦："……"

这人还挺记仇。汪露曦想。

她顺着他抬下巴的方向望过去，正是她刚刚路过却没有驻足的树林。

那里都是古树，松柏为主。

天坛在明清时期的主要作用是祭祀，因此周围栽种了非常多的侧柏、圆柏，意为礼重上天，也是取其长寿、平衡的好寓意。古树密集之处甚至可以遮天蔽日，每一棵古树都被环形栏杆保护起来。

"哎，忘了，我得去看一看。"

汪露曦腾的一下站起身。

只是……

她看向袁北。

"还有十五分钟。"袁北喝着可乐，望向另一个方向，好似心不在焉，"快去快回。"

"你要一起吗？"

"累，自己玩去吧。"

"好！"

汪露曦把包反过来背在胸前，沿小路朝着那片树林奔去，一边跑一边回想，终于觉出点儿不对劲来——刚刚他们聊了那么一会儿，她做了一个完整详尽的自我介绍，可她问的那些关于他的问题，他是一个也没答。

她稍稍有点儿懊恼，停住脚步，回头望了一眼，却发现袁北也起了身。

他倒是没有离开。

他只是弯腰，把她遗落在长椅上的矿泉水瓶和塑料袋捡了起来，还把塑料袋团了团，将它们一起扔到了几步之外的垃圾桶，然后重新坐回长椅上，双腿伸直，双臂展开搭在椅背上，仰着头。

他像老大爷一样地晒着太阳。

阳光肆无忌惮地平铺在他白得快要透明的脸上。

他甚至闭起了眼睛。

汪露曦想不通，怎么会有人不怕晒。

她本能地跟着抬头，也想瞧一瞧太阳，可头顶层叠的树叶影影绰绰，将炽热的光线遮去大半，好像会呼吸的3D油画。

这里每棵树的树干上都挂着"身份证"，上面写着年份，这些树的年龄都很大了。

汪露曦跟着游客们沿着树与树之间的汀步石慢慢走，她把树上的"身份证"一张一张地阅读过去，时不时跟其他游客一样伸手。网上的攻略说了，古树有茂盛不息的生命力，人伸手在树干旁隔空感受一下，会有隐约的凉意。

她什么也没感受出来，只是觉得浓荫匝地，挺漂亮的。

大脑放空之际，她听到头顶一声尖细的啼鸣。

她还以为是鸟。

直到其他游客惊呼，汪露曦才发现，原来是一只腿脚利索的松鼠,它和她对视了一眼,从一棵树蹦到另一棵树,又蹦到更远的一棵,然后不见了踪影。

汪露曦赶紧举起拍立得,可还是来不及。

她把镜头慢慢下移。

直到袁北出现在取景框里。

他还在长椅那儿坐着。

在远处,在太阳底下,在虚实交错的树与树的后面,在步履匆匆的来往游客中间。

趁这定格的一帧,汪露曦按下了快门。

Chapter 02

心跳怦怦

汪露曦：你什么时候有空？我想把照片给你。

给袁北发消息的时候，汪露曦正在吃炸酱面。

北京炸酱面的肉酱有讲究，肉要是新鲜五花肉，把它切成丁，干黄酱要六必居的，菜码也不能糊弄。

可惜来这家店的人太多，服务员像是急着收餐具，汪露曦还没看清每种菜码是什么，菜码就通通被盖在了面条上。汪露曦只来得及分辨出萝卜丝是粉色的"心里美"，被切得细碎的绿色食材除了葱，还有细细的芹菜末。

小瓷碟哗啦啦倾倒的声音混着店里的嘈杂人声，竟很有节奏感。

汪露曦吃饱了，吃进去的碳水在体内快速升糖，她有点儿犯困了。

今日行程有在天安门看升旗仪式，早上天没亮就集合了，这会儿是来逛前门大街，顺便解决午饭。

北京这座城市布局四四方方的，前门大街则恰好位于中轴线之上，在天安门广场的南边，是自古以来的商业街，两侧建筑高大。

虽然它看上去好像和每个城市的仿古商业街很类似，但众多老字号的总店都在这里。

汪露曦频频抬头看那些招牌的时候，总是在想象百年之前这些店铺是什么样。

导游带他们穿进东西走向的鲜鱼口胡同，反方向则是更为著名的大栅栏。也是在导游的提醒下，汪露曦更正了读音，原来牌楼上的那三个字在这里该是这样读的——她打开微信，长按语音键，变身复读机一般地输入一条语音："dà shí làn er，dà shí làn er，dà shí làn er……"

袁北还是没回复她。

确切地讲，从昨天晚上，袁北的工作结束后，她找袁北加上了微信，他就一直没有回复过。包括刚刚那句"我想把照片给你"，早些时候的"这炸酱面正宗吗"，还有更早时候的"看！国旗"。

他通通没回应。

汪露曦甚至怀疑袁北给了她一个假微信号。

今天的新导游明显专业多了，嘴皮子也更利索，一看就是对讲解词很熟，语速很快，但汪露曦总走神，时不时地瞄着手机，瞄着那只有绿色气泡的对话框。

同住一个房间的奶奶来和她商量要不要一起去吃一份炸灌肠。

炸灌肠是北京小吃，其制作工艺和原料都在时间中发生了变化，如今是淀粉制品，要把淀粉肠切成一边薄一边厚的片状，再过油煎，香香脆脆的，蘸着蒜汁吃。

今日户外依旧暴晒，前门大街又游客扎堆，汪露曦和那个奶奶只能站在人少且遮阳的角落躲清闲。

汪露曦正用小竹扦子扎起一片炸灌肠，手机刚好响起，她把炸灌肠匆匆往嘴里一塞，扦子差点儿划破上牙膛。

是朋友发来消息问她：今天的行程怎么样？玩得好吗？

汪露曦没空出的手来打字，只能单手按语音输入键发语音："还行吧。"

朋友接着发来：*什么情况？不是说今天换导游了吗？*

"换了，换了，跟导游没关系，太累了。"汪露曦说，"我真应该给你看一看我的脚。"

今天才过半天，都走了至少两万步了，小脚指头都快断掉了。

朋友问：*说好的像特种兵一样去旅行呢？*

汪露曦回了一条语音："我不配。"

不远处，团内游客正围着导游提意见。汪露曦听了一下，大概是大家都觉得行程规划不合理，景点安排得过于密集了，而且人太多，在每个景点的游览都是匆匆结束，又累，体验感又差。

导游也很无奈。

暑期就是这样的，到处都是人，人头一眼都望不到边，很多景点能抢到门票就不错了。

汪露曦跟着叹了一口气。

手机消息再次发进来的时候，她正在大太阳底下行走，体力和好心情都逐渐被耗尽。手机屏幕被阳光直射，她不得不把手机调到最大亮度，还要用手掌遮挡，才能看见那简短的一句话。

袁北：*抱歉，刚醒。*

前门大街的有轨观光车刚好从汪露曦身边过。

观光车外观复古，行驶时会发出清脆的铃声，所以也叫铛铛车。那铃声把周遭快要涨破的热浪击出一个口子，一阵风吹过来，虽然也是温热的，但略解暑热。

汪露曦好像终于能畅快地呼吸了，赶紧深吸了两大口气。

汪露曦：你睡到下午？

袁北：空调太冷了，起来关一下。

言外之意，他还打算继续睡的。

这是多么让人羡慕的想法，汪露曦发了一串省略号过去。

汪露曦：你闭嘴啊！

袁北很听话，真就闭嘴了。

汪露曦握着手机等了一会儿，没等到下文。她只好再次主动寻找话题。

汪露曦：你到底是做什么的啊？今天不用上班吗？

隔了一会儿。

袁北：待业中。

汪露曦：所以昼夜颠倒？

袁北：嗯。

汪露曦：好幸福。

袁北：你对幸福的理解真深刻。

汪露曦扑哧一声笑出来。

同行的奶奶问她，要不要去胡同里的小店买瓶水？汪露曦摆了摆手。她一个人坐在路边石阶上，埋头敲字。

汪露曦：我上午给你发了很多消息，竟然没有吵醒你？

袁北：睡觉时静音。

汪露曦：那你现在看一下。

袁北：看到了。

汪露曦：还有语音，记得听哦。

那条长达十五秒的语音。

汪露曦等啊等，终于等到袁北的反应。在她的意料之中，他回复了一个问号。

汪露曦：哈哈哈，我家那边不说儿化音的，我学得怎么样？

她回想起昨天和袁北聊天。袁北绝大部分时间都说普通话，只是偶尔一些时候，比如随口的回答还有一些小小的口头习惯，会带着北京话那种慢悠悠的腔调。那股慵懒劲儿，就像夏日傍晚时，夕阳将落不落，热度终于下沉时，晚霞铺在身上的余温。

汪露曦真心地夸赞：北京话真的很好玩，儿。

袁北并不为这句奉承买账：我更希望别人说我没有口音。

汪露曦强调：分明就很好听！

她在心里又学了两遍，dà shí làn er，dà shí làn er……但貌似不得其法。她想让袁北来个标准的。

可他又不回复消息了。

晚饭时，团餐安排的是吃老北京铜锅涮肉。

涮肉最讲究的是要用紫铜锅，加热靠木炭。至于锅底，所谓"清水一碗、姜葱两三"，不加其他调味品，主要是吃羊肉的新鲜味道，蔬菜的经典搭配则是豆腐、粉丝和白菜。

照例，相机先"吃"。

汪露曦把餐具摆正，用拍立得拍了一张照片留念，又在相同角度用手机拍了一张，用来发朋友圈。

羊肉片下锅，升腾起蒸汽，蘸料小碗里是芝麻酱，上面用红色的腐乳汁写了一个"福"字。辣椒油是上桌前现做的，用的不是细细的辣椒面，而是干爽的辣椒段，热油一激，根本不辣，但是特别香。

袁北再次回消息时，汪露曦已经吃撑，这会儿正对着一块芝麻火烧纠结。她实在吃不下了，但来都来了，该尝的，她一定要尝。

一番思想斗争之后，她到底还是咬了一口，芝麻酱的浓郁香气瞬间溢满唇齿之间。吃完这顿饭，她感觉自己整个人都变成芝麻酱味的了。

汪露曦：我以为你又睡着了！

袁北：没，下楼拿快递，丢垃圾。

汪露曦：你住哪里啊？自己住吗？还是和爸爸、妈妈一起？北京的房子是不是很贵啊？

袁北：又查户口了。

汪露曦撇了撇嘴：就是好奇。

片刻后，袁北：东边。

东，东是哪儿？

汪露曦实在不适应在北京大家习惯用"南北西东"的说法，明明说"前后左右"更方便嘛！今天早上看升旗的时候，她被安保人员提醒从东边进，她就有点儿蒙，原地转了好几个圈。

现在汪露曦吃饱喝足，饭桌上很热闹。

旅行社安排了专门供司机和导游吃饭的地方，晚饭时间，导游并不与游客们在一起，这就给了大家吐槽的机会。大家其实也不是对这家旅行社有什么不满，正如白天大家反映的那样，普标多人团，这样的安排符合业内标准，只是在游客看来，不论吃饭还是游览，都有点儿走马观花之感。

闲来无事，汪露曦一边吸着酸梅汤，一边将大家遇到的问题转述给袁北听。

汪露曦：有什么解决办法吗？

袁北：来北京跟团游本来就这样，时间赶，其实也没什么好玩的。

汪露曦：但旅游嘛，不就是从自己住腻的地方，到别人住腻的地方。

汪露曦：不是说这些著名的景点不好，我只是更想去一些不那么商业化的、生活化的地方，想体验一下首都人民的日常生活，嘿嘿。

袁北这时又展示了一个半吊子导游的专业：去哪个城市都一样，想要深度游，如果不是朋友引路，就只能找私人定制，导游全程陪同。贵，没必要。

然后他说：北京以后有你体验的，最好不要太早感受到。

他又补充了一句：等感受到帝都的压力与节奏，到时候可不要抱怨，不要哭。

汪露曦显然不信，并对自己未来的生活抱有无限期待。

汪露曦：以后的事情以后再说嘛，我还是想先过好这个暑假。

她心里的重点还在袁北说的"深度游"上。

私人定制——她之前也了解过，旅行社的网页上有这样的项目。

游客通过这种旅行模式确实能体验到这个城市的地方特色，不限于那些知名的、拥挤的景点，还能穿梭于本地人常去的地方，比如看起来不起眼却好吃的小饭馆，晚上人们吃饱去遛弯儿会逛的小公园。在汪露曦的认知里，从这些边边角角的地方才能瞧出一座城市真正的色彩。

不过这种方式也有缺点。

贵只是一方面，私人定制一般需要导游和司机全程陪同，吃与住，玩与行，接触更密切。如果跟司机和导游相处不来，那就非常煎熬了。

其实袁北说得没错，最好有个本地朋友带路，一切问题就通通解决了。

她看着屏幕上袁北的头像，发着呆。

很久之后，她的手指在屏幕上敲字。

汪露曦：袁北。

汪露曦：找你多少钱？

袁北没回。

他正在拆快递。

当了苦力的报酬——发小给他的新鞋，他要检查一下，然后将新鞋规整地放好。

透明的亚克力收纳柜整整齐齐，一格格地排列着，铺满客厅的一面墙。每个格子里的每双鞋，他都能讲出来历，以及什么时候来到家里的，从哪里收来的，其中辗转有多艰难。

袁北往后退了两步，好好欣赏鞋墙的全貌，成就感满满的。

他再拿起手机时，就看到汪露曦发来的消息，她非常怪异且正式地喊他大名，后面还跟了一个对方撤回了一条消息的提示。

袁北发了一个问号过去。

袁北：撤回什么了？

屏幕上方一直显示"对方正在输入……"。

袁北等了又等。他其实没那么旺盛的好奇心，特别是对方不过是一个思维跳脱、横冲直撞的小姑娘，只是看她这架势，跟编小作文似的。他倒要看一看她想说点儿什么。

十秒，二十秒，半分钟过去了。终于——

汪露曦：没事。

汪露曦：我就是想问一问，你推荐去哪里买北京特产？

袁北发了一串省略号。

袁北：网上。

汪露曦：啊？不大好吧？

汪露曦：伴手礼也网购啊？

她等待着袁北的回复，心脏怦怦跳。她刚刚太冲动了，问袁北的那句话好像很容易引起误解。幸好，袁北没看见。

他到底是不是真的没看见？

袁北：你随意，反正东西都一样。

呃。

袁北：睡了。

哎？

汪露曦还想问一问具体买什么好，她在网上查过攻略，她可以买一些好吃的特产邮给爸爸妈妈，但给同学和朋友，她想邮点儿新鲜时髦的，有纪念意义的。

汪露曦：为什么这么早？你不是昼夜颠倒吗？

袁北：因为颠倒，所以要改。

袁北：真睡了。

他没有等回复，把灯关掉，把手机设成静音放在一边。黑暗里，两团毛茸茸的身影一跃上床，在床角各一边坐好，眼睛亮亮的，目光灼灼。

袁北与两只猫对视："看我干什么？你们俩也睡觉。"

调整生物钟需要时间。

袁北这一晚睡得早,但也睡得浅,中途醒了好几回。清晨,窗帘缝里刚透进来点儿光,他就彻底清醒,睡不着了。

他干脆起床,洗了个澡,下楼吃了早饭。

他路过玻璃墙时看见自己的头发有点儿长了,于是等理发店开门,去剪了头发。

一番折腾下来,还不到中午。

剪头发的时候他的手机就一直在响,有一堆未读消息。

袁北挨个儿翻。

最热闹的是群。

他从公司离职以后,就退了公司大群,但部门里几个人私下的小群还活跃着。同事在群里"艾特"袁北,说明天就是周六了,约他出来吃饭、唱歌。

作为部门的一块砖,袁北似乎总在承担查缺补漏的角色。同事的电脑临时遇到bug(漏洞),同事会第一个找他来修;培训项目没人愿意报名,同事就找他充人头;就连公司年会录新年视频缺一个形象代表,行政部门的同事也会悄悄来找袁北,给他带一杯咖啡,再请他录上一小段。

袁北长得赏心悦目是一方面,主要是他脾气好,这一点,但凡对他稍有了解的人都知道。说简单点儿就是他好像对什么都不太在乎,同事从没见他因为什么事和谁红过脸,他也从不和谁来往过于密切。他就是这么一个冷冷淡淡、对万事不上心的人,浑身透着一股无所谓的劲儿。

谁找他帮忙,基本不会跑空;谁让他吃了点儿小亏,他也不会太计较，更不会让人下不来台。

这样的人，一般人缘儿都不错，是连打麻将三缺一都会喊上的最优选。

袁北在群里回：行。

接着他看到留学机构发来的消息，对方要一些资料。

袁北回了家，打开电脑，把资料发了过去。

这时他再看手机，发现跟汪露曦的聊天框也有未读消息，最新消息停在昨晚他手机静音后，她发来的一句"晚安"。

今天上午她倒是安安静静的。

袁北看了一眼时间，想打开旅行社的行程单看看今天原定的安排，但这个想法一出来，又被他迅速收住了。

他感到腿边有点儿痒。猫从桌子底下溜达着过去，尾巴扫过他的小腿。

袁北起身，从柜子里拿出两个猫罐头，把它打开放在地上。他看着两只猫进食，发了一会儿呆，百无聊赖，打开了朋友圈。

今天、昨天，还有前天，满打满算他和汪露曦认识不超过七十二小时，他的朋友圈已然被她一人霸占，她的更新频率堪比微商广告。这小姑娘好像有无限精力。

去景点要拍照，吃饭要拍照，同样的夕阳，只是落下的高度不一，她也愿意把它们凑齐九宫格，在朋友圈配文：见证了一场完整的日落。辛苦了，明天见。

这是对太阳说的。

日落有什么好看的？

袁北觉得大概是因为自己从小生活在北京，对环境太熟悉了，日出日落，周而复始，没觉出有什么新鲜。这里一年到头，气温冷也冷不到极致，热也热不到顶点，还有拂不尽的尘土和杨树毛子，二环内无高楼，入夜后鲜少有夜宵。大商场就那么几个，散在四处，各成商圈，互不打扰。至于景点，看来看去尽是四面环绕的红墙和鳞次栉比的青砖。还有看上去好像差不多的胡同，迎接着南来北往的人们。

有的人在这里出生，有的人在这里离去，有的人觉得它冷酷，却又不得不来这里拼搏。

一切都在以一种稳定的秩序运行着。反正它无法睁开悲悯的眼睛，把这种忙碌的运行为谁停一停。

这是袁北眼里的北京。

如果用颜色来形容，或许是灰扑扑的，就像小时候爷爷、奶奶带他去的北京游乐园，如今早已停业，他记忆里那些巨大的充气城堡和游乐设施似乎都被蒙了一层斑驳的噪点，如同超现实主义的梦核。

但汪露曦呢？

同样的城市，在她的朋友圈里热闹得像春晚现场，整个一花红柳绿、锣鼓喧天一般的景象。就好像一样的风景在不同的滤镜下，色阶就发生了变化。

袁北随手在屏幕上滑了两下，随便点了一个赞。

不出半分钟，新消息弹窗就出来了。

汪露曦：你醒了！

汪露曦：你终于醒了！中午好！怕你没醒，没敢给你发消息！

袁北也不知道自己怎么了，看这每隔几个字便要蹦出来一次的感叹号，没觉得刺眼，没觉得烦，嘴角反倒不自觉地抽动了一下，然后弧度向上。

袁北：说过了，我睡觉时会静音，没关系。

汪露曦：哎呀，怕不礼貌。

汪露曦：你猜我在哪儿？

袁北：故宫。

紧接着他收到汪露曦多加了感叹号的消息：你怎么知道！！！

然后，她又恍然大悟：哦，你看我的朋友圈了。

短短一个上午，她在朋友圈里发了数不尽的视频和照片。照片里人挤人，人头攒动，色彩缤纷，像是拥挤的彩砂罐子。

汪露曦：不夸张，今天的故宫里有一亿人。

袁北：每天。

汪露曦回了一个热到融化的表情包：现在我已经离开那儿啦，去吃饭，下午要去国家博物馆。

她主动交代了接下来的行程。在社交礼仪里，这似乎就标志着一段闲聊的礼貌结束。

袁北原本想说"好"，到这儿就不聊了。

但是，汪露曦接着问道：你把生物钟调好了吗？下午不睡觉了吧？

袁北原本从桌前起身，闻言又坐下了：怎么？

汪露曦：没事。

她敲击手机屏幕上的键盘又发了一条消息：我下午还可以找你说话吗？

在知道旅行社安排了去国家博物馆的行程时，汪露曦就开始补课了。

她不是一个凡事喜欢做计划的人，但网上都说，国家博物馆不一样,这里会"惩罚"每一个不做攻略的人。只论近二十万平方米的总建筑面积就可称震撼,其中藏品超百万件,那么多个展厅,只是基本陈列,游客想全部逛完,就至少要花几天,更不要说专题展和临时展览了。

汪露曦只有一下午的时间去逛,所以提前确定了一定要去拍照的文物藏品,不浪费时间,目标明确,直接冲,想着这样起码不会跑空。然而现实是,不止她一个人持如此想法,相比之下,这些更为著名的藏品自然而然地会吸引更多的参观者。

汪露曦费了非常大的力气才挤到展柜前。

精致的玻璃展柜里摆放着的是四羊方尊,就是那个在历史教材里独占一页的珍贵文物。她看到博物馆里随处可见捧着历史书的小孩子,大概是暑期游学,他们指着书本上的图片,与实物比对着。

说真的,汪露曦有点儿羡慕。她没有这样的童年。

汪露曦:你来过国博吗?

袁北:没有。

汪露曦:没有?

袁北:没有。

遑论博物馆,袁北细细想来,除了生活和工作必须覆盖的区域,好像北京的许多地方他都没有去过,甚至……长城,他都还没有去游览过。

汪露曦不理解:怎么会?这么多年都没去过?

袁北:不感兴趣。

汪露曦:没去过,凭什么说不感兴趣?

袁北发了一串省略号。

汪露曦锐评：你可真是一个低需求的人。

低需求。

袁北笑了一声，因为他觉得汪露曦说得对。

北京很大，精彩的东西很多，但和他有什么关系？说到底，生存的基本需求其实非常容易满足，如钢铁丛林一般的城市，蜘蛛网似的交通脉络，其中真正与他有交集的，也就那么一方小小的街区，一段狭窄的道路，一个能好好睡一觉的家。

他甚至觉得汪露曦用词太文绉绉了，不够辛辣。如果是他自评，他会说，袁北啊，真是一个无聊透顶的人。

汪露曦：袁北，你缺少一双发现美的眼睛。

汪露曦：我给你一个机会。

她将手里的两个冰箱贴各拍了一张照片发过去。

汪露曦：这两个哪个好看？我买哪个啊？

没等袁北回复，汪露曦又说：不许说"都一般""都不好看""随便""哪个都行"之类的话。

后面跟了一个威胁的表情。

袁北把打好的字默默删掉了。

汪露曦：需要给你带一个礼物吗？文创店好多人，我好不容易挤进来的。

袁北：不用了，谢谢！

汪露曦：好吧。

汪露曦：其实我也没有买到最喜欢的那个，我喜欢的都卖完了。

国家博物馆的文创设计都很精致。前段时间她在网上看到有人晒在国家博物馆买到的红山玉龙纸雕灯，一眼爱上。那是一盏床头小夜灯,造型灵感来源于国博藏品"新石器时代红山文化玉龙"。

红山玉龙也被誉为"中华第一龙",用墨绿色的岫玉雕琢而成,作为祭器、礼器,是中国龙图腾最早的实物,还被运用于中国探月工程图案里。国博文创就用玉龙作元素,设计了这样一款纸雕灯,需要自己拼装,当暖黄的灯光透过球形镂空浮雕亮起,让人既有成就感,又觉得很温馨。

汪露曦太喜欢这个纸雕灯了。这次来国家博物馆提前列好的文创购物清单里,第一个就是它,可刚刚她被工作人员告知,纸雕灯刚好售罄了。

汪露曦:我今天运气不是很好。

袁北:具体表现是?

汪露曦:想买文创却扑空了。我早上出门时想买那个老北京酸奶,也没有买到。昨天旅行社安排的酒店也一般,空调有异响,害得我一晚上被吓醒了好多次。

国家博物馆的休息区人满为患,连通道和步梯都坐满了人。汪露曦从文创区出来,看到远处的台阶上有一个空位,拎起包就冲,可差几步的时候,被人抢了先。

她耸了耸肩,只能蹲在墙边给袁北发消息:刚想抢一个空位坐也没抢到,我说的吧,运气不好。

汪露曦:你哪天有空呢?我们见一面吧?

汪露曦:我给你拍的那张拍立得相片还在我这里,总要给你啊。

袁北:不用了。

不用了?

汪露曦:那你住哪里,给我一个地址,我把它邮寄给你?

袁北没有回复。

这短暂的沉默时间在汪露曦心里被拉长了。她联想到之前几次和袁北的聊天，但凡聊到他自己，他好像都讳莫如深。

汪露曦谈不上失望吧，就是忽然觉得，挺没意思的。

她又等了一会儿。

汪露曦：算了。

汪露曦：你要是不想说得详细，就告诉我一个附近的快递柜好了。你自己去拿，这总行了吧？

对面还是沉默着。

汪露曦手里握了一把小团扇，刚在文创区买的，周围人太多了，待在空调底下都觉得热，她这会儿即使摇着扇子似乎也缓解不了。

她心里有点儿烦躁。

有那么一瞬间，她开始自我反省，是不是她过分热情了？

想来也是，他们才初识，不是所有人都愿意交朋友的。如果说疏离感是在成年人的世界必须掌握的技能，是自我保护的武器，那么袁北的武器已经很锋利，但她的，还没开刃。

汪露曦等不下去了。有点儿渴，她站起身，往自动贩卖机的方向走。

连买贩卖机里的东西也要排队。

机器里的饮料和矿泉水全都售空了，工作人员正打开玻璃门补货。

人们纷纷四散，去找别的机器，但汪露曦没动。她站在贩卖机前想，这次总算幸运一点儿了，至少，她现在排在第一个，一会儿有很多很全的饮料能选择。

工作人员关上门，锁好机器，示意汪露曦可以买了。

汪露曦走上前，还是选择了一瓶水，按下按钮，扫码付款。

矿泉水瓶掉下来时有一声沉甸甸的闷响，恰好盖住了手机消息提示音。

袁北：你现在在哪儿？还在国博？

汪露曦愣了一下，用胳膊夹住矿泉水瓶，打字：对啊。

袁北：什么时候结束？

汪露曦：早呢，一会儿闭馆了，还要去吃饭。

汪露曦：怎么了？

她拧开瓶盖喝了一口。因为水是刚被放进机器的，不冰，喝起来口感不那么痛快。但对面回复的消息恰如其分，像是解渴的冰，帮她刺激了神经，她瞬间觉得凉快下来。

袁北：你今晚住哪儿？地址。

袁北：不是要见面吗？

这下轮到汪露曦沉默下来了，大脑好像如引擎突然被冰水浇过了，瞬间短路，在熄火之前，还啪地冒了一个小火花。

她想敲字回复，手指却久久按不下去。

幸好，袁北是一个擅长给台阶的人。

他发的话是替她解围，也是替他自己解围。

他发来语音解释，说话语气符合汪露曦对他的印象，声音懒洋洋的，语速不快："我的意思是，国家博物馆附近不好停车，你晚上回到酒店给我发位置，我到了给你打电话，你下来。"

"照片。"他说。

汪露曦深吸了一口气。

她本来也想回一段语音来着，可张了张口，发现自己被袁北的北京话带偏了,好像一时半会儿找不回自己的语调。

汪露曦:哦,也可以,但会不会太麻烦?

袁北:我本来也要出门。

汪露曦:去哪里?

袁北看了看客厅里挤在同一个圆形瓦楞纸猫窝里睡觉的两只猫,它们头对尾,像是一幅毛茸茸的太极图。

袁北:带猫去医院检查。

汪露曦:你竟然还养宠物???

袁北:我其实挺想让你解释一下这个"竟然"。

汪露曦:表达一下惊讶嘛。

汪露曦:那你先忙,晚上见!

袁北:好。

袁北起身,先去柜子里翻了翻,然后拉开抽屉,找宠物病历。

听见开抽屉的声音,两只猫腾空而起,准备接受零食投喂。可看到袁北拿出来的是出门的航空箱后,其中一只猫吓得扭头便跑,在光洁的地砖上甩着尾巴跑出去好远。它又被袁北拽着脖颈儿拎了起来,塞进箱子。

这只猫之前得过猫传腹,这是猫咪最危险的病症之一,死亡率极高,治愈后也需常常复查。医生的建议是每半年查一次,袁北不放心,所以将复查频率保持在三个月一次。

宠物生病非常耗人的心力。

那段时间,袁北恰好在忙一个即将上线的项目,几乎吃住都在公司,只能每天趁午休开车回家,带猫去医院打针,往返一趟,再急匆匆地回公司上班。

他就这样坚持了整整两个月。猫被打了两个月的针，捡回一条命。而袁北，两个月内没正经吃过一次午饭，以至于现在看到便利店的三明治和饭团就胃里泛酸。

好在，每次复查结果都很让人欣慰。一人一猫的努力都没有白费。

Chapter 03
夏天还没结束

袁北从宠物医院出来,直接按照汪露曦给的位置导航去找她。

他到酒店时,路灯刚好亮起,橙黄色的光线似乎要将夏夜晚风的热度再提高一点儿。

汪露曦已经早早在楼下等待。

她刚刚洗完澡,头发吹了一半,接到电话就匆匆地跑下楼,发梢把衣领打湿了。

"给你,我觉得我拍得还行。"她邀功。

袁北闻到晚风里蹿进了一丝洗发水的橙花香。他把照片接了,却没有仔细看,随手揣兜里,打开后排车门,拎出一个塑料袋,递过去:"谢谢!回礼。"

"呀!"

还有回礼,这是汪露曦没有想到的。

而且相较于一张单薄的照片,袁北的回礼就显得过于"厚重"了,她打开塑料袋,里面是几样大大小小的没开封的文创礼品,上面有国家博物馆的 logo(标志)。

"从家里翻出来的,你喜欢就拿去,放我这儿落灰了。"

袁北也记不清具体是什么时候有这些的了,好像是因为在一个周末,他帮一个同事加班,那个同事刚谈上恋爱,要跟女朋友约会,也是去逛国家博物馆,不好不去,遂求助袁北,过后小情侣一起请他吃饭,还送了他一堆小玩意儿。

幸而汪露曦提醒,让他想起这件事。

"就是不知道有没有你想要但没买着的那个。"袁北补充了一句。

好像没有。

汪露曦瞄了一眼袋子,没说话,只是将袋子抱在怀里,对袁北笑着道:"太谢谢你啦,但无功不受禄,这多不好意思。"

"不客气。"

话音一落,就没了下文。

晚高峰,周围的车辆来来往往,两个人好像都有点儿尴尬。至于尴尬的原因,无处可归结。

晚风带着热气,汪露曦不自觉地攥着塑料袋的边角,她还想说点儿什么,但貌似和袁北真没什么可聊的,在线上聊天尚且还能厚着脸皮寻找话题,如今在袁北的注视下,她莫名有点儿心慌。

路灯好热。

啊!不是,是好亮。

她拨弄了一下将干未干的发梢,抬头对上袁北的视线,忽然发现他今天好像有点儿不一样。

哪里不一样呢?

片刻后,她终于瞧出来名堂,嚯了一声:"你出门前还做了发型啊,袁北?"

袁北:"……"

早上袁北剪完头发，理发店的理发师给他做的造型保持到现在，还没塌。

袁北有点儿无语，下意识地抬手，却被汪露曦喊住："别动啊，挺好看的，显年轻。"

袁北心想：我谢谢你了。

让别人也觉得尴尬，自己的尴尬就会减轻，这是汪露曦悟出来的处世哲学。她继续朝袁北笑着，露出两排白牙，硬是笑得让袁北皱了眉。最后他偏过脸去，朝她扬了扬手："回去吧。"

"我不回去，"汪露曦说，"我一会儿还要去潘家园呢，今天是周五啊。"

潘家园，又被称为"鬼市"，是大名鼎鼎的古玩市场，那里卖的有文玩、玉石、旧货……如今多了很多年轻人在那儿摆摊，卖些手办、盘串、小摆件、徽章和纪念品之类的小玩意儿，只有周三和周五会营业到零点。

汪露曦实在太好奇了，听说那里非常热闹，她很想去看看，也许能淘点儿什么回来。

袁北看着她满脸兴奋，眼里闪光，有些不知道该说什么："白天的行程还不够满？"

没累着你是吧？

"累啊！"汪露曦连连点头，"但我想去看一看嘛，鬼市！你不感兴趣？"

然后她又自问自答："哦，我忘了，你这个人，对什么都提不起兴趣。"

"……"袁北看了看路上的车流，"你怎么去？"

"坐地铁啊,我查好了。"汪露曦晃了晃手机屏幕,"我先扫一辆共享单车去地铁站。"

从这里去最近的地铁站也就要走十来分钟,倒是不算远,但这个时间段恰逢下班,公交车满载,如虫子一般蠕动前行,辅路里电动车、自行车前轮打后轮的,人人都是一脑门儿汗。袁北再看了看汪露曦,小姑娘把塑料袋抱在胸前,就这么盯着他……还瞧着他的头发。

两个人又是一阵相对沉默。

袁北最终还是在对方灼灼的目光里败下阵来。他看了一眼时间,在心里浅浅地叹了一口气,伸手把那塑料袋从汪露曦手上扯过来,另一只手打开副驾驶位的车门:"上车。"

汪露曦小心翼翼地问:"顺路吗?"

"顺。"

"谢谢!感恩!大好人!"得到肯定答案的汪露曦很乖觉、自然、不带一丝犹豫地钻进了袁北的车里。接受帮助,心安理得地道谢,永远比扭扭捏捏要好。

她坐稳,刚系好安全带,就听见了从后排传来一声小小的——喵。

"猫!"汪露曦很惊喜。

声音的来源正躲在航空箱里,它听见这个陌生的喊叫,更加紧张起来,整个身体钻进了袁北铺好的小毯子里,不肯露头,没有给汪露曦任何窥探的机会。

"怎么办?我好像吓着它了?"

"那你跟它说对不起。"

"对不起啊!"汪露曦真的道歉了,而且态度诚恳,还侧了身子探到后排,伸手帮猫把小毯子的另一侧也盖严实了,"抱歉,抱歉。"

袁北被逗乐,轻轻笑了一声,又迅速收住了,摆出一副臭脸:"坐好!"

"好,好,好。"汪露曦端正坐姿,将塑料袋搁在腿上,只安静了一会儿,就又控制不住地张口,"你为什么会想养猫呢?"

开车的袁北目视前方:"你觉得我该养点儿什么?"

"乌龟?金鱼?"汪露曦很认真。

她代入了自己,小猫、小狗、小兔子这种,可爱是可爱,就是太需要时间和精力了,猫会掉毛,狗需要多遛,养兔子则要做好除味工作……她想来想去,照顾好自己就已经很不容易。如果是她,即便需要陪伴,也应该会养那种不怎么费力气的。

"听说现在还流行养小石头、小海藻,往缸里放点儿水,什么都不用动。"汪露曦觉得这种简直太适合她了。

袁北已经开始跟不上汪露曦的脑回路,他无法想象人对着缸里的一块石头说话。

"猫不能在车里待太久,我先把它送回家,然后再送你。"袁北说。

"好!没问题!"汪露曦再次回头,这次瞧见了一条猫尾巴,露在毯子外面,甩了甩。

经过一个路口,等红灯时,在汪露曦的追问下,袁北回答起这只猫的来历:"我捡到它的时候,它就在垃圾桶旁边。当时就一个猫包、一只猫,猫粮里有些钱。"

"它应该是生了病,所以被弃养的。"袁北回忆起那个时候,觉得挺无奈的。

可他那时看着猫粮袋子里有零有整的三百多块钱,觉得猫的主人或许更加无奈,不是所有人都负担得起宠物治病的昂贵费用,这大概已经是猫的主人尽的最大努力了。

他在垃圾桶旁边做了半个小时的思想斗争,才把猫包拎回了家。

他其实很受小动物欢迎,这样的事并不算偶然。

没过几个月,也是差不多的情景,这次是在公司,袁北下班后去开车,听见车底有猫叫,弯腰一看,一只小狸花猫钻到车底取暖,脏兮兮的,像一块小抹布。

正是十二月末,天很冷,马上就要下雪。

袁北家中便再添了一个成员。

汪露曦幻想一人一猫在车底对视的情景,觉得很好笑。

潘家园的夜市分片区,她看不懂文玩、珠宝那些,就直接放弃了,直接往年轻人摆摊卖小物件的片区冲去。虽然那片也都是很常见的东西,但人多,热闹,跟人砍价也很有意思。

袁北慢悠悠地跟在她身后。

汪露曦怕他跟丢了,频频回头。他倒是一直在她的视线范围之内,只不过她瞧得出来他的兴致并不高,没见他在哪个摊位前停一停。

"袁北!你家猫叫什么名字?不会真的叫'小抹布'吧?"她停在一个卖宠物用品的摊位前,这里有手工编织的给猫用的小围脖,还有无声的小铃铛,铃铛上还可以刻字,"我想送它们一份礼物!"

"没,"袁北停在汪露曦身边,"没有名字。"

"没有名字?"

"嗯。"

袁北其实对养宠物也没什么兴趣,并没有打算长期照顾它们,虽然他养它们的过程不大顺利,两只都是田园猫,而且各有生病史,但等它们的病都治好了,他就在网上给它们找新家。

"它们只是暂时在我这儿落脚而已。"袁北把那个铃铛放回去,"新主人会给它们起新名字。"

免得到时候名字太多,猫也会犯糊涂。

汪露曦觉得不理解:"可是,毕竟是你把它们捡回来的。"

"但它们迟早要走。"

很多事情,如果已知后续,乃至结局,人会产生惰性,会抗拒倾注真情实感。毕竟,结局比过程更加值得期待。

与持久的圆满相比较,短暂的相聚根本不值一提,因为那不过是旅途里让人惊鸿一瞥的闪烁的星星,是开一夜,第二天就会谢的花。

既然如此,值得付出更多吗?

可汪露曦不理解。她很想反驳袁北,但一时又想不到好的措辞。

"喝水吗?"袁北打断了她的思考,"我去买水。"

前边就有便利店。

"我想吃雪糕,"汪露曦扇了扇风,"有吗?"

两分钟以后,她得到了一根大红果冰棍儿。

袁北说,这是童年的味道。

汪露曦觉得袁北的童年味道还不错,就是冻得太结实了,得嗫着吃。

他还拿出一罐老北京酸奶,玻璃罐外面凝了一层水珠。

"不是说白天没买着?"袁北把玻璃罐连同吸管一起递给她。

两个人坐在台阶上望天。

入夜,空气里的热度总算降下去了些,汪露曦的头发也干了,她用抓夹把头发夹在了脑后,像一个鸡毛松垮的毽子。

她原本想就这么着了,但碍于袁北似笑非笑地看了她好几眼,她只好又从手腕上取下发绳,认真地扎了一个马尾辫。

"你那团,还有几天?"袁北问。

"两天。"汪露曦咬着冰棍儿,偷偷看袁北的侧脸,看他耳朵的形状、下颌的线条、侧颈那里很白的皮肤,还有浅浅的血管。

风轻轻扫过。

"之后什么打算?"袁北又问。

"离学校报到还有一段时间,我暂时还不能去宿舍住,接下来应该会找一个便宜的青年旅社住,然后一个人继续在北京转一转。"

"嗯。"袁北说,"注意安全。"

就没有后话了。

汪露曦咬下最后一口快要融化的冰棍儿。

红果的味道酸酸的,她看着木棍上被染上的半截红色,心情忽然莫名其妙地变得很糟糕。

他们又逛了一圈,依旧什么也没买。

汪露曦两手空空地回到酒店。

同住的奶奶已经睡了。汪露曦不得不轻手轻脚地去洗澡,再回到床上,翻看晚上拍的照片。

照片上都是热闹的摊位、拥挤的人头……

她发的朋友圈得到了很多人点赞,朋友在评论区夸她厉害,逛了这么多地方。

不过其中并没有袁北的点赞和评论。

他是一个不发朋友圈的人,汪露曦点进他的朋友圈,只能看见两条短横线中间夹了一句"朋友仅展示最近半年的朋友圈",半年内什么都没有。

她顿时觉得心里好像被蚊子叮了一口那样痒。

汪露曦把袁北送她的那些文创在床上摆开,她还把酸奶喝完后的玻璃罐刷干净了摆在旁边,借着床头感应灯的微弱光线,她给它们拍了一张大合照,给袁北发了过去。

汪露曦:袁北,你到家了吗?

没有回复。

汪露曦:谢谢你今天送的礼物,也谢谢你陪我逛夜市。

没有回复。

汪露曦:我可以看一看你的另一只猫吗?长什么样子?

还是没有回复。

她在床上滚了几个来回,又烦躁地伸了伸胳膊,蹬了蹬腿,举起手机看一眼,放下,胡思乱想很久,再看一眼,时间却只过了一分钟。

她忍不住了,找朋友倾诉。

汪露曦:救命!怎么办?我碰到了一个男的!

朋友:怎么?首都都发展到按性别限号出行了?

汪露曦发了一串省略号过去。

汪露曦:我的意思是,一个很好看的、很让人心动的男的。

朋友了然:哦,crush(怦然心动的短暂迷恋)?

汪露曦细细地咂摸了两下:可以这么说。

朋友:细聊。

细聊,又能怎么细聊呢?汪露曦回想她认识袁北的这几天里,她跟他说过的话、见面的互动都犹如瞬间被点燃的焰火,升空,炸开,星星点点地在心里簌簌四散。

这种东西,太多,太乱,太杂,真的没法讲。

也太主观了。

她索性将自己和袁北的所有聊天记录全选,一起发给朋友,请对方帮忙判断。

几分钟后,朋友发来评价:天,这男的好能装。

汪露曦发了一个问号。

汪露曦:哪有!!!

她猜想或许是线上的聊天太过片面,于是尽可能详细地补充了她和袁北见面的种种细节,可朋友听了,更加笃定:我确定他就是一个老手,故意撩你呢,你要离这种人远一点儿,你搞不定的。

"我从聊天记录就能看出来,他是一个很闷的人,"朋友急了,干脆发来长语音,"别的就不说了,你们认识了这些天,你对他了解多少呢?或者说,他向你透露了多少信息呢?他是干什么的?做什么工作?年龄多大?住在哪里?"

汪露曦:这个我知道!今晚我陪他送猫,我知道他住在哪个小区了!

朋友被气笑了,接着发语音:"你傻不傻?恕我直言,他连名字都未必是真的,旅游时认识的人,怎么能当真嘛。也就你,一张白纸似的摊给人家看,况且他比你大不少吧?又有一张好皮相,说不定感情经验丰富,聪明得很,情商也高,拿捏你还不容易。"

汪露曦紧紧地抿着嘴唇,脸上露出不服气的表情。

朋友继续补充:"你不要不服气,他根本就是故意装得高冷、神秘,勾起你的兴趣,欲擒故纵,伺机下手罢了。不信你就试一试他。"

可是怎么试呢?

汪露曦再次打开袁北的对话框,发现他刚刚发来了一条消息,简短地回复说他已经到家,让她早点儿睡。

汪露曦思索再三,敲字发了一条:袁北,你为什么不发朋友圈?

他真的是故意装神秘吗?

他真的是看穿她就吃这套,所以故意吊着她?

还是说,她暂且没有资格窥得他生活的一个小角?

包括他们晚上聊的那些……袁北,真的是她眼里的袁北吗?

汪露曦莫名觉得心慌,腾的一下坐起,床上摆着的东西纷纷掉在地毯上,发出一声声闷响,酸奶罐滚出了很远。

汪露曦:袁北,你该不会是坏人吧?

汪露曦:袁北?

手机另一端的人输入了很久才发来消息:早点儿睡。晚安。

汪露曦被气到了,好像斗志也随之被点燃。

她打了很长一段文字发给他,包括但不限于她觉得袁北是一个很好的人,又对北京很了解,他们有共同话题,聊天很开心。她在旅行团的时间马上就要结束了,而鉴于袁北最近赋闲,那么,她有没有可能邀请袁北和她一起在北京逛一逛呢?

汪露曦:我虽然付不起私人定制的导游费,但可以负责你的一日三餐,你想吃什么随便挑,我请客。

她怕不够正式,又补充了一句:我是认真的。

然后她又陷入了漫长的等待。

等待期间,她再次打开朋友圈,想看一看谁点赞了她发的朋友圈,却意外地发现袁北发了一张照片,就在动态的最新一条。

从不更新朋友圈的人,今天却更新了——照片里,两只猫趴在桌上睡觉,桌面陈设自然随意,未经整理。汪露曦瞧见了杯子、书架、键盘……但这些都不是重点，通通被虚化了。因聚焦而清晰的，只有桌上的相框。

汪露曦用手指将照片放大，终于看清相框里的内容。

那是穿着学士服的袁北，在汪露曦眼里更明晃晃的是他身后的学校大门，就是她马上要去报到的学校大门。

袁北的配文却只有两个字：看猫。

汪露曦忽然觉得有点儿呼吸不畅，她感觉自己好像被裹进热气球里升上了天，心虚又惭愧，还有些被人看穿心思的窘迫。

朋友有句话说对了，袁北真的很聪明，情商也很高。

她戳了戳袁北的头像，点进跟他的聊天界面：你还没有回答我。愿意和我一起吗？你，和我，我们俩。

这一次，袁北倒是没有迟疑：抱歉。

他回复得很快，也很体面：好好玩，遇到困难可以找我，注意安全。

汪露曦想象中的那个热气球随之爆炸了。

砰的一声响。

她恍如从半空中猛然下坠，身体穿过云层，有种巨大的失重感，不带任何缓冲地一落到底，狼狈不堪。

她强忍着，回了一句：我知道啦，晚安。

然后她把跟袁北的聊天截图发给朋友：喏，我试过了。

我试过了，他不是你说的那种人。

床头的感应灯熄灭了，手机屏幕也暗了下去。

汪露曦在黑暗里睁着眼睛，不知该为此高兴还是难过。

他是一个很好的人——汪露曦这样评价袁北。

他帮朋友接团当导游，说明他仗义，热心肠；他愿意救助生病的小动物，说明他善良；他的鞋子和白T恤永远干净得扎眼，说明他有耐心又自律；他记得她随口说的想喝酸奶，还顺手买了一包湿纸巾，以防她嗑冰棍儿时冰棍儿化了脏了她满手，这证明他心思细腻；面对她毫无逻辑、没有礼貌的怀疑，他不恼，甚至能敏锐地察觉到她微妙的小心思，在她对所想呼之欲出之际帮她截停，委婉地给了她回应，这证明他情商高，是一个成熟、体面的人。

在汪露曦看来，袁北有这么多优点，却有一个致命的缺点——

"他拒绝了我的邀请，果然，他对一切都不感兴趣，也包括我。"她和朋友这样说，"汪师傅宣布，本场crush以失败告终，我碎了。"

尽管不想承认，但心动的确是一个人的事，那是一瞬间产生的小范围爆炸，荷尔蒙与多巴胺炸成了漫天烟花，你不能奢求对方和你完全同频，可你们抬头时，看见的是同一片夜空。

朋友安慰汪露曦："正常，crush要是成真了，还叫crush吗？况且你们才认识几天，我们汪师傅长得这么漂亮，学习好，性格又好，简直是没有缺点的女人，他算哪位啊？过几天开学了，来自五湖四海的男生多了去了。"

对，说得对。

几天的交情、浅浅的好感，自然用几天时间就能把这短暂的迷恋消磨干净，这很公平，但，她还是觉得有点儿难过。

汪露曦觉得袁北不一样，他和她以前遇到过的那些男孩子都不一样。她越这样想，就越感到心酸，好像错过了老天给她的一个限定的礼物，过了这个特定的时间，再怎么举高双手，也不会接到相同的了。

这种感觉仿佛失恋了。这可是她人生第一次。

汪露曦不想浪费这宝贵的"初体验",于是去便利店逛了一圈,在酒架子那里选了一个包装好看的小瓶调味酒,是她听说过的一个牌子,水蜜桃口味的。

失恋嘛,失恋应该喝酒,可平心而论,这酒真的太难喝了,她灌了一口,硬是没咽下去,差点儿喷出来,最终还是放弃,把它扔进了垃圾桶。

她还想把袁北拉黑来着。

反正他们以后也不会有什么交集了,拉黑表明态度,超酷的,可她转念一想,又觉得有点儿幼稚。她十八岁了,应该学习一下成年人的处事风格了,就像袁北那样,对一切了然,但又云淡风轻,有种慢悠悠的体面。

她再次点开袁北的朋友圈,给他唯一的那条朋友圈留下评论:祝两只猫咪健康长大,早日找到新家。

然后她点了一个赞,也删除了跟袁北的聊天对话框。

汪露曦觉得自己成长了。

真棒。

夏天还没结束。

人潮一浪接着一浪,蝉鸣鼓噪,道路滚烫。北京的暑热还在继续。这座城市的运行从不停歇。

袁北的发小终于有空,组了一个局,约大伙儿出来吃饭、打桌游。其间发小向众人展示自己胳膊上的晒伤:"我就带了几个团,这都晒得没人样了。"

然后他示意了一下身后没上场一起玩的袁北:"看他,你们看他,真奇怪,他怎么就晒不黑呢?老天爷也不讲理。"

袁北今天穿的是一身黑,黑色 T 恤、黑色工装裤,黑色鸭舌帽几乎压住眉眼,就更显得露在外面的皮肤白。他四肢修长,正窝在沙发里。

发小说他再加一个黑口罩就可以去三里屯装练习生或者小明星,身后一准跟上一群拿着"长枪短炮"对着他的人。

袁北闻言,目光从手机屏幕上移开,他抬头瞥了发小一眼。

"你别歇着了,上来代替一下我的角色,我上个厕所去。"发小把位子让出来。

袁北在从小一起长大的这一群朋友里,人缘良好,口碑绝佳,他们只要有局邀请他,他就绝不扫兴,而他每回也只追求重在参与,虽然在绝大多数时间里他的存在感都不高。

今天玩的是《风声》,谍战题材的推理类游戏。袁北不爱玩这种需要隐藏身份来推理的桌游,因为费脑。盘了两轮下来,基本全场的人都累趴下了。

休息的时候,大家自然地聊起身边人的八卦。

今天没到场的两个人,是从小一起长大的一对青梅竹马,谈了几年恋爱,结果还是很不愉快地分手了,两个人各自找到了新的伴侣,恰好都定在今年国庆时结婚,又由于看了皇历,挑了同一天,最让人震惊的是,他们还定了同一家酒店,在不同楼层的两个宴会厅。

众人玩笑着说,自己本来跟那两个人都是非常好的朋友,这下倒不知道该去参加男方还是女方的婚礼。

北京这么大,阴差阳错的巧合却也是真的多。

"这是什么孽缘,他们俩结婚,我们跟着受罪。"发小打了一个响指,"哎,差点儿忘了,袁北不用头疼这个,他马上就遛了。"

话题又落到袁北身上。

不是所有人都愿意当话题中心,尤其是袁北这样的,于是他起了身。

"一把年纪了,想起来重回校园,怎么想的?"发小接着说。

袁北就当没听见发小的调侃,他站在二楼,撑着栏杆往下看。

"什么时候走?"

"月末。"袁北说。

"啊,这个月?八月末?今天这都……五号了。"

八月末,赶着夏天的尾巴,趁今年的第一缕秋风还没吹进北京。

几个人在研究新桌游。

袁北还站在栏杆前。桌游店是上下两层的布局,二楼是一个环形,从他所站的角度看一楼大厅里的散桌看得特清楚,也正因此,他的目光始终被中间那张周围坐了十个人的大长桌吸引。

他们玩的好像也是身份推理类的游戏,坐在最边上的小姑娘大概因为隐藏身份而紧张,频频把扣在桌上的身份牌拿起来看,平均几秒钟一次,好像唯恐忘记自己所在的阵营,那如临大敌的表情把袁北看乐了。

刚刚是谁说的?北京这么大,却从不缺巧合。

没有发觉自己被注视的汪露曦十分紧张,她第一次玩这种桌游,特别怕坑了队友,压力很大。

好不容易熬到最后,大家都亮明身份,她一早怀疑的那个卧底果然被她在第一轮就领头投了出去。她将工具牌一推,如释重负地站了起来:"天!好累!"

这比做数学题还累。

她看了看时间，已经是晚上十一点多，该散了。

她刚起身，就听见有人喊她："这就走吗？"

汪露曦拎起包回头，发现是刚一起玩桌游的一个男孩子，对方染了一头银发，很显眼。

"我们要去旁边找地儿吃夜宵，一起？"他问汪露曦，同时在群里翻着群成员列表，发现汪露曦的头像是自拍，"汪汪汪……是你？"

剩下几个人在收拾桌面，听见这个网名都笑了起来。

"我申请加你好友了，你通过一下。"那个男孩儿说，"不远，挺热闹的，吃饭也行，喝酒也行。你不着急回家吧？"

汪露曦拽了拽双肩包的带子："几个人啊？"几个人吃夜宵？吃什么？

那个男孩儿愣了一下，拨了拨头发："就……咱俩，要是再找几个人也行。"

汪露曦回想着自己白天走过的线路。从五道营胡同，走到箭厂胡同，转弯到国子监街，再沿着雍和宫大街一路往南。她沿路看到了茂盛高大的国槐树，那是北京市市树之一，浓荫遮蔽，走在树下，阳光碎遍一地，闪着光。就是不知道晚上的景色会如何，月光也会被切割成浪漫的影子吗？她很好奇，想去看一看，顺便拍一拍照，但是……

"等下啊。"汪露曦环顾了一下四周，发现这桌人都走得差不多了，她问了几个女孩了，可是人家都是有伴的，接下来还有别的安排。

"那……"她想那就算了。要是只有两个人就没意思了，况且还不熟。

汪露曦正要开口拒绝，突然觉得背后好像有人拽她包上的挂饰。

她伸手往后拦了一下:"那个,我——"

汪露曦再次被打断,因为身后还是有人,而且力道更重了,她有点儿烦,嘖了一声,皱着眉回头瞥了一眼。

她的头转过去,又转回来,然后再转过去。

她愣住了。

一个星期不见,她发现自己都有点儿忘了袁北的长相,但就这么瞧了他几眼,还是会心里一动。

袁北比她高那么多,而且穿黑色衣服时会削弱一些温和感,多一些冷感。黑色帽檐下,袁北那双清淡的眼睛就那么望着她,他半垂着眼皮,露出似笑非笑的表情。

他笑着对她说话,还是那副慢悠悠的腔调:"还玩吗?"

语气熟稔,却显得有些奇怪。

汪露曦一时没反应过来,于是袁北抬手,看了看手腕:"这是几点了?"

他的手腕上连手表都没有,看哪儿呢?

"还玩,就加我一个。"袁北并不在意别人的眼光,随手拉开一把椅子,作势就要坐下,"玩什么?我看我会不会。"

"散场了。"汪露曦皱着眉头提醒。

再迟钝的人也嗅到气氛不对,那个银发男孩子耸了耸肩:"你有朋友啊?那算了,下次再约。"他跟汪露曦互道了再见。

汪露曦一时间动也不是,不动也不是,她细细地咀嚼着"朋友"这两个字,再看袁北的反应,见他正随手拿着桌游盒看,片刻后,又放下,起身。

"散场了,"他竟然这么自然地在她面前打了一个哈欠,"那你回去吗？怎么走？"

然后不等汪露曦说话，他又自问自答："等我一会儿，我上去打个招呼，再送你。"

汪露曦："……"

桌游店在方家胡同。从胡同出来，往南走一点儿，就是簋街。

"簋"跟"鬼"同音，簋街也有一段传闻轶事。好像在北京，随便指出一条街，都有故事。

相传自多年前，这里便是商贩聚集地，但不知为何，白天生意都不兴，反倒晚上生意旺，所以起了这么一个名字。然而现在的簋街成了美食一条街，众多饭店都挤在这儿，若说吃夜宵，仿佛没有哪里比簋街更热闹，通宵达旦，不论你几点来，总能找到还在营业的店。

汪露曦不知道袁北的车停得那么远。

她跟在袁北身后，踩着他的影子，好像有一股没来由的恼火闷在喉咙里，让她不快。

"我累了！"她盯着袁北的后颈，"早知道你把车停得这么远，我还不如打车！"

袁北没停下脚步，也没回头："快到了。"

"我饿了！"

汪露曦就是看今天的袁北不顺眼，也不知道是怎么了，明明一个星期没见了，又是偶遇，却毫无惊喜。最吸引她的那种无所谓的态度和松弛感仍在他身上，但汪露曦好像也并不那么在意了，相反，激发了她的逆反心理。

"我要吃饭。"她说。

袁北停住了脚步:"吃什么?"

簋街最有名的是小龙虾。

这家小龙虾馆的几家分店都在这条街上,二十四小时营业,只不过不论哪一家分店,门口排队的阵仗都吓人,还有不少帮着抢号的人在排队,汪露曦实在没想到。

袁北觉得无所谓,听她安排:"等吗?"

等到明天天亮吗?!汪露曦深吸了一口气,环视四周,然后指了一个方向:"继续走,哪家店有空位就吃哪家。"

行。

这次两个人换了位子,汪露曦走在前面带路,袁北跟在后面。

行人太多了,汪露曦回了几次头,确保袁北一直在她三步以内。直到碰到一家不用等位的餐厅,那是一家做江西菜的饭馆。

入座以后,汪露曦吸了吸鼻子,闻着空气里飘散着辣椒和花椒的味道,丝毫没有让她胸中的郁闷得以缓解,反倒觉得更加委屈了。

她想不通,自己在北京,这大半夜的,为什么还要吃家乡菜?

"你点,你熟。"袁北扫好桌角的二维码,然后把手机递给她。

汪露曦也没忸怩,轻车熟路地点了几道家常菜,然后要了两瓶啤酒。

"我开车。"袁北提醒她。

"我自己喝。"汪露曦用纸巾擦着玻璃桌面上的小水珠,"要不是碰见你,说不定我现在已经在喝了。"

她提前在手机上收藏了一家小酒吧,原本打算去,就在这附近,据说有乐队表演。

袁北问:"刚刚跟你一起玩桌游的人,你都认识?"

"不认识,"汪露曦仍旧低着头,不去看袁北,"我加了一个剧本杀桌游的拼车群。"

"所以,要不是碰见我,你就和第一次见面的男的一起,两个人,在半夜,喝酒?"

汪露曦想反驳,却哽了哽,声音陡然低了下来:"那又怎么了呢?我第一次在机场见你,还上你的车了呢。"

袁北的手撑在桌沿,听到这一句,忽然笑了。

汪露曦不仅听到了他的笑声,还从中听出一丝愉悦感。她诧异地抬头,对上袁北淡淡的表情。

"汪露曦,你跟我赌什么气呢?"他说。

赌气,她是在赌气。

汪露曦不想承认也要承认,袁北就是聪明,有能耐,能一眼看透人。她这种毫无阅历又不会装的人,玩桌游都紧张得要死,在袁北面前就好像是一个透明塑料袋,里面装的什么都被看得一清二楚。

"不是不让你社交,我不是你的谁,也没资格管你。但作为朋友,"袁北顿了顿,"你觉得咱俩算朋友吗?"

汪露曦不明所以。

袁北打开了手机相册,递给她,屏幕上是他先前在二楼拍的视频。以楼上的视角,楼下的蛛丝马迹都无处可藏,玩桌游的时候,那个银发男生偷拍汪露曦,拍了好几次,还把照片发给了微信好友。

至于银发男生打字是在跟朋友聊什么就不得而知了。只是,偷拍女孩子再发给朋友鉴赏这种行为没什么可辩驳的,这种行为就是很猥琐。

汪露曦将手机还给袁北,声音闷闷的:"我又不傻,没打算跟他出去。"

菜被端上来了。

汪露曦刚刚带着气点的菜,点得狠,全是大菜,血鸭、炒腊肉,还有牛蛙。

两个人一时无言。

旁边那桌气氛热闹,很吵,更衬得她和袁北这桌的氛围冷冷清清的。

她戳着碗里的腊肉,抬头看见袁北在挑菜,他把肉多的牛蛙腿都挑出来了,堆在她这边,堆得跟小山似的。

汪露曦不乐意了:"你吃你的,别管我。"

袁北挑眉:"我吃不了辣的。"

"……"汪露曦不知道,她点的还全是辣菜。

"那你重新点吧,这顿饭我请。"汪露曦咽下一块辣椒,"本来就应该是我请。"

袁北笑了一声:"以后再说。"

还有以后吗?

汪露曦忽然觉得悲从中来。没见到袁北的这几天时间,她的心情本来还好,她也挺开心的,可是他要是不出现,就永远别再出现,偏偏她又遇上了。

北京真小。

她再次有了借酒消愁的想法,可等来等去,那两瓶啤酒也没被拿上来。

袁北抬眼看了她一眼:"我没点。"

汪露曦:"……"这个人好烦啊。

袁北不在意，开始和她聊起家常话题："这几天你住在哪儿？"

"东边。"汪露曦小口啃着牛蛙，她学他的说法，不就是说方向用东南西北，谁还学不会了？

"酒店？"袁北问。

"青年旅社。"汪露曦答。

"一个人？逛了哪里？想去的景点都去了吗？"袁北又问。

汪露曦就在这时放下了筷子。

他们的座位靠窗边，透过玻璃窗，她能清楚地看到外面簋街里熙熙攘攘的行人。对面最热闹的小龙虾馆门口挂着一排排红灯笼，竟将小半条街照得红彤彤的，似乎在燃烧。

有情侣举着气球走过，是那种用塑料棍支撑的、中间裹着小彩灯的透明气球。

总之，这个夜晚，簋街的夜晚，北京的夜晚，就是这样辉煌灿烂。辉煌之下，某一个人的心情就似乎显得微不足道。

汪露曦盯着看了一会儿，忽然觉得眼角酸涩。

她觉得自己特别没出息。

她今晚见到袁北，之所以不高兴，之所以愤慨，之所以又叛逆又赌气，归根结底用四个字可以形容——恼羞成怒。她不信袁北不知道她尴尬，可他越是表现得自然，她就越觉得如坐针毡。说一千道一万，不过是她的能力不够，不会掩饰，也暂时做不到迅速消化情绪。

这几天她的确逛了很多地方，拍了许多照片，但很奇怪，从前她旅游时，每去一个地方，总会先查一查这个景点的典故、路线和最佳拍照角度。可自从遇到袁北，或者说，和袁北分别以后，她再见到北京这片土地上的风景，脑海中都会多一个念头——她会想，这个地方袁北有没有来过？什么时候来的？是几岁的时候来的？如果他在，又会怎样介绍这里？

好像挺无解的。

汪露曦不喜欢这样的自己，一点儿都不喜欢。

她看着那片在红彤彤的灯笼下行走的人们，灯影在他们脸上照出鲜艳的色彩。她也想那样，她不想也不喜欢隐藏，不喜欢憋着、闷着，一个人萎靡着，这样没意思。

坦然面对自己的真实想法，接纳自己的情绪，这是人生的一大课题。

"袁北，"汪露曦花了很长时间来调整呼吸，她直视着袁北的眼睛，垂在桌下的那只手使劲攥了攥，说了实话，"我有点儿生气。"

"嗯，我知道。"袁北说，"所以你连朋友圈都把我屏蔽了。"

他发现了。他未与汪露曦见面的一个星期时间里，没有在朋友圈看到过她的任何一条动态，这很不寻常。他点进她的朋友圈一看，果然，被她屏蔽了朋友圈。

汪露曦一哽。

"你别误会，我没有生你的气，是生自己的气。"她努力深呼吸，"具体为什么生气，我不想说出来，而且就算我不说，你也知道，你那么聪明。"

袁北扬了扬眉，算是认下这一句。

"是我不对，刚刚冲你发脾气，我向你道歉。"汪露曦说，"以后不会了，我已经调整好了。"

袁北看了她一眼："好了？"

"好了。"汪露曦非常笃定地用力点了点头，"就像你说的，我们是朋友。我的情绪跟你无关,也不该由你来承受,是我有点儿幼稚了,我保证,以后不会了。而且……我不会在错误的路上一直跑。"

她的导航系统没有失灵,应该重新规划路线了。

袁北当然听明白了。

他静静地看着她,很久之后,才收回目光。

他笑了。

"你点的,别浪费。"他把菜又往汪露曦这边挪了挪。

这顿饭到底是袁北请的客,毕竟是在他的手机上点的。

袁北把汪露曦送到她住的地方。汪露曦下车前,解开安全带,朝袁北笑了笑,那笑容很大方:"谢谢你的夜宵,下次真的要我请你了。"

她找的青年旅社在东四环与东五环之间一栋商住两用的公寓里,一个房间里有四个床位,满员了,都是年轻人。很凑巧的是,大概是周末的缘故,现在都快凌晨两点钟了,她竟然是第一个回来的。

她洗完澡坐在床上,把自己对袁北的朋友圈屏蔽解除了。

晚饭时她没喝成酒,袁北给她点了一罐可乐,她没开,装在了包里。她现在觉得有点儿口渴,从包里把可乐拿出来,掀开拉环。气泡汩汩地往上冒。

汪露曦一边小口抿着可乐,一边翻看她和袁北的聊天记录。

除了在朋友圈发过的照片,她还有一些拍立得相片,这会儿她把拍立得相片通通摆在床上,排得整整齐齐的,都是这几日的成果。她把它们用手机拍了一张照片发给袁北欣赏。

不知袁北到家了没,但他回消息很快。

袁北:其实我有点儿好奇,你为什么喜欢用拍立得?

现在还有什么拍照设备比手机更便捷？况且，拍立得并不算专业设备，倒像一个玩具，一张几块钱的相纸作为消耗品也并不便宜。

这不是汪露曦第一次被人问及这个问题。她想了想：因为它很傻瓜。

无法修图，拍完就能成像，在那一瞬间捕捉到的场景，马上就能以实体照片的形式被留存。这是以电子形式储存的手机相册无法做到的仪式感。

汪露曦：我喜欢这种照片可以被拿在手里的感觉。

汪露曦：就好像我确实留住了这一刻。下一分钟，下一秒，都不会是现在了。

对话框那边沉默了一会儿。

袁北：这么深奥。

汪露曦扯了扯嘴角：我高中时议论文得分都很高的。

袁北：擅长观察生活？

汪露曦：是的，就像我观察到你今晚戴帽子是因为没洗头。

袁北发来一串省略号，让汪露曦这一个星期以来的委屈彻底消散了。确切地说，在今晚之前，她都想不到还能和袁北这样有一搭没一搭地聊天胡扯。

那些微妙的不对劲，那些针尖对麦芒，那些不可言说的尴尬，终于在这一夜偃旗息鼓了。

此时此刻，她和袁北，就是因缘相聚，是路上相识的朋友，是有缘人。仅此而已。

这种感受让她心里更轻松了。

也挺好。

过了一会儿。

袁北：明天什么安排？

汪露曦：睡到自然醒，去北海公园。

她想去看一看北海公园的白塔。

袁北发来一个截图，是明天的天气预报。然后他发来一条语音："早点儿起吧，上午去，凉快点儿。"

他确实到家了，说不定都快休息了，因为汪露曦听出他嗓音沙沙的，有几分倦意。

她耸了耸肩，刚想回"知道了"，又听见袁北说："建议坐地铁，那地儿可真没法停车。"

他语气自然："明早在北海的地铁站见，别睡过了。"

"什么意思？你也去？"

汪露曦有些迷茫。在接下来的一阵沉默里，她好像能听见袁北的呼吸，一起一伏，空气似湖面泛起波澜一般。她紧紧地盯着那粼粼波光。

终于，袁北笑了笑——

"陪你多留住几个时刻。"

Chapter 04
此时此刻

早高峰的北京地铁六号线上，人多得差点儿把汪露曦挤成"纸片人"。

汪露曦上地铁时特意选择了强冷车厢，可再强力的空调冷风也驱散不了打工人的瞌睡。

汪露曦隔着几个乘客听见了争吵声，好像是谁上车时不小心挤了谁的肩膀，或是踩了谁的脚。车厢里的人挤得几乎没什么缝隙，她完全看不见发生了什么，只能默默地抱紧胸前的双肩包，把它护严实了，然后时而屏息，以此避免闻到车厢里并不好闻的气味。

到北海北站，她下了车，从"B 东北口"出。

早点儿出门，气温的确更舒适，毒太阳好像还没醒过来。汪露曦从地铁站的电梯上来，见到蓝天一角，同时有清风拂面。

她就站在地铁口，在清风里，在一片阴凉处等待。

约好在地铁口见的，她没有迟到，袁北更不像会迟到的人。她等了一会儿，没等到人，想发微信问一问袁北，但又觉得没必要催促，索性继续站定，仰头，闭上眼睛。

等啊等。

她是怎么发觉身边有人来了呢？大概是清风带来了一丝丝不一样的气息，很浅，很淡，让人想到带着露水的青草，或是淋过一场雨的树。

她睁开眼睛，几乎在同一瞬间听到了一声轻笑。

气息的来源——袁北站在她身侧，半边身子在阳光底下被太阳直射着。

汪露曦的第一反应是打量他的穿着。

凭借这些日子的接触，她不得不承认袁北的审美真好，起码他在打扮自己这方面很得体，又有自己的风格。昨天他是神秘的地下练习生，今天他就变回日系杂志风了，身高腿长，在阳光下，他又是那副懒洋洋的模样，说了句"早"。

"早。"汪露曦收回目光，"到了怎么不说话？"

"看见一个人大早上在地铁口练吐纳，挺有意思，多看了会儿。"

汪露曦愣了半晌，才发觉他在说她。

"呼吸一下新鲜空气，你管我。"她向前半步，又用力闻了两下。

好奇怪，刚刚那股味道又没了。

袁北没动："怎么了？"

"没事，"汪露曦说，"你吃早饭了吗？"

"吃了。"

在袁北回答的同时，汪露曦把双肩包的拉链拉开了，敞开包，里面满满当当的全是零食和饮料，她满怀期待地把包往前递了递。

袁北甚至瞧见了一连排的 AD 钙奶。

"你当是小学生郊游啊？"袁北说。

"不吃算了，一会儿走饿了别求我。"汪露曦唰的一下又把拉链拉上了。

袁北："……"

两个人的对话模式好像发生了微妙的变化，斗嘴占比变高了，汪露曦察觉到呛袁北让她感到愉悦，只是暂且不知道这代表什么。

"左边，还是右边来着？"她问。

离地铁口最近的公园大门就在几百米之外，但汪露曦忘记了路线，想要打开手机导航，袁北却拽着她包上的挂件往前走了。

"拽坏了你赔我一个！"汪露曦说。

"赔你十个。"袁北说，"快点儿，一会儿人就多了。"

北海公园是我国古代皇家园林，也是明代、清代的帝王御苑。

所谓北海，其实是一座湖，琼华岛位于北海南部。岛上有永安寺，又因寺里有一座藏式白塔，所以永安寺也曾被称为白塔寺。

汪露曦从踏进公园的那一刻就开始哼歌了："让我们荡起双桨，小船儿推开波浪……"

海面，白塔，绿树，红墙，确实就和她小时候看过的音乐书里的插画一样。美中不足的是，人太多了，他们已经为躲避高峰而选择早上出行，却还是险些被人群淹没。已经有几个举着小旗的导游带着旅行团进去了。

汪露曦之前报的那个团游玩时间还是太短，没有包括这里，不过没关系，她现在有了"私人导游"。

她厚着脸皮，龇牙笑着，走上前拍了拍袁北的肩："袁导，现在呢，该往哪儿走啊？"

反正是环湖，无非在两个方向中选一个。

两个人在原地站定。袁北放下手机，轻抬下巴，示意刚刚人群涌向的方向："那边的景点多。"

以北海为中心，静心斋、西天梵境、快雪堂，还有非常著名的九龙壁都集中在北海的西北角，这也是大多数游客入园以后选择的路线方向。

"很熟嘛，袁导。你常来吗？"

"还行。"袁北说，"去年有朋友到北京玩，我给他带过路。"

"怪不得，"汪露曦扯了扯嘴角，"我还以为你昨晚临时补课了。你这回比上次去天坛的讲解强多了！"

这阴阳怪气的夸赞，袁北假装没听到。

"那小时候呢？你小时候不来这里玩吗？我还以为你从小在这儿长大，这些景点你都逛过好多遍了呢。"

"也来……"袁北似乎不想接这个话茬儿，左右环顾了一圈，然后"拎"着汪露曦往南边走，"去反方向吧。"

以防北边的游客太多，一会儿有人要拍照，若镜头里全是脑袋，怕是会失望。

"嘿，袁北，我们划船吧！"

汪露曦瞧见湖边还有码头，有电瓶船和脚踏船。湖面已经有舟泛起，远远望去，彩色船篷缓慢移动，相交，错开……

袁北点了点头，往码头的售票处方向走去。来都来了，玩到尽兴当然最好，他不做扫兴的人，可下一秒，又被喊住，汪露曦倏地抓住了他的衣摆，摇了摇："算了，算了，我又不想玩了。"

袁北没明白，他发觉自己好像正在慢慢习惯汪露曦想一出是一出的特点，但偶尔还是会被她突如其来的想法变化弄得十分无语。他问道:"怎么了?"

"没怎么啊,怕水呗。"

怕水?袁北心说,这姑娘怕是忘了她自己的微信头像就是在海边踩水的自拍。

汪露曦假装没看见袁北诧异的表情。

她才不会告诉袁北,其实那脚踏船踩起来挺累的,还有点儿狼狈,她今天化了一点儿妆来着,等从船上下来,怕是妆都要花了,她不想在袁北面前丢脸。不过话说,袁北瞧出她今天有哪里不一样了吗?

两个人沿着湖边往前,步行的速度很慢。

相较之下,袁北要更慢一些。

游客少的地方,他们会并排走,但若是人群拥挤,则会一前一后,袁北会很自觉地落下两步,似乎习惯了跟在汪露曦身后,也不会太远。汪露曦只要回头,必定一眼能看见他。

当然了,他外形出挑,在人群中瞩目,这也是她一下子就能看见他的原因之一。汪露曦这样想着,再在拥挤的人潮里与袁北目光相接时,心里就忽然有点儿雀跃。

周围很吵,他不作声,只以眼神询问她:怎么了?

汪露曦笑了笑,转回头,呼出一口气,拍了拍胸口。

湖边一阵扑腾声,是水花泛起的响动。

有游客在惊呼,似乎是有什么鸟贴着湖面飞过,最后擦着水面"踩刹车",优雅地降落。原来是几只凫在湖中央,羽毛是深色中带着点儿彩色,好像油汪汪的金属色,阳光一照,特别显眼。

汪露曦的注意力瞬间被吸引过去,她怕袁北没看见,所以猛地抓住袁北的胳膊,指着湖面:"鸳鸯!"

"……"袁北有些无语,"那是鸭子。"

"就是鸳鸯!"汪露曦肯定地说。

"鸭子,绿头鸭。"

汪露曦仍然坚持道:"鸳鸯!"

袁北:"……"

他心想:鸳鸯这么大?脑袋还绿油油的?

袁北不争辩,只向汪露曦示意:"你去问一问别人。"

问就问,汪露曦在社交上从不胆怯,正好看见旁边站了一个老大爷,对方正甩胳膊锻炼呢,她十分欢快地跑了过去。

从袁北的视角看,汪露曦很礼貌地打断对方,然后指着湖面提问,不知道老大爷说了什么,小姑娘再回来时,面色如常,理直气壮。

"就是鸳鸯,大鸳鸯,感情和谐,所以吃胖了呗,你管那么多呢。"

袁北没忍住,大笑着推着她往前走:"你可以说它是野鸡、丹顶鹤,或者是企鹅。随你。"他带她挤出了人群。

两个人沿着北海一路往南,路上经过陟山桥。

陟山桥连接着琼华岛,许多游客会选择在此处登岛,在岛上参观完寺庙和其他景点,再乘大摆渡船直接到五龙亭,会省下不少体力和时间,所以袁北叫住了汪露曦。

大摆渡船不同于脚踏船,人坐在船里,离水远,袁北睨着她,没有拆穿她怕水的谎言,反倒以调侃的语气说:"这船,你应该不怕吧?"

"好呀,听袁导的,嘿嘿。"汪露曦一边走上石桥,一边问袁北,"你累了吗?"

"不累,"袁北摸了摸鼻梁,"我想着,你不是要拍白塔吗?"

079

汪露曦说过，湖中央的白塔是她此次北海公园之行的主要目的，它值得她亲临，去近距离细细地欣赏。毕竟，这可是北海的白塔。

"是呀，但是远观比近看更好看，有一个绝佳的机位，我查攻略查到的，不在岛上。等一下带你去。"汪露曦说。

袁北今天算是见识了汪露曦在旅途中拍照留念的流程。

她刚刚端着拍立得拍了不少风景，但拍照的时候并不拘泥于景点本身，取景角度时常令袁北感到意外，就比如，她刚刚没有拍湖面、没有拍远处在绿树掩映下的红墙与石雕、没有拍岛上最著名的"琼岛春阴"石碑……这些游客聚集的地方，汪露曦通通匆忙略过了，反倒是对着那两只野鸭咔嚓来上一张。

袁北不大理解，北海的鸭子有什么特别的吗？它若是进了全聚德或便宜坊，倒是会涨一涨身价。

"以后我再看到这两只鸳……鸭子的照片，就会想起你，想起今天我们出来玩，这很有意义啊！"汪露曦自有一番道理，"那些石碑、红墙、湖水都和我没有关系，但这两只鸭子和我有关系。你懂吗？"

"可它们还是两只鸭子。"

"袁北，你对浪漫过敏是不是？"汪露曦被气着了，"是鸭子，也不是鸭子……算了，懒得理你。喝水吗？"

她打开包，拿了两瓶AD钙奶出来。

袁北犹豫了一下，还是接了。

白塔四周柳树的枝条仿佛更加茂密，随风吹过，轻微荡起。两个人上了岛，就站在树荫下短暂歇息，各自沉默着喝了一瓶AD钙奶。汪露曦喝得快，用吸管吸得咕噜咕噜响。

袁北想，汪露曦说得大概是对的吧，他不仅抵触所谓的浪漫，而且对一切仪式感、转瞬即逝的事物都十分抗拒,甚至觉得反感。

汪露曦给他下的几个定论:低需求,缺少发现美的眼睛,如今又增加了一个对浪漫过敏。哪一条都不算冤枉他。

一个庸俗的悲观人士,一个被现实主义和犬儒主义双双鄙视的虚无主义者,时常会怀疑生活本身的意义,却又因为不想被人说矫情、装文艺而不得不伪装得又积极又上进。

不想被思考裹挟,最好的方式就是放弃思考。反正人的一生那么短,谁能拍着胸脯说自己活明白了?

绕塔半圈,袁北跟着汪露曦上了离岛的大摆渡船。

在船上,他看着汪露曦,忽然想起发小曾经说他的话:"袁北,你知道你为什么一直单身吗?因为老天有眼,哪个姑娘要是跟了你,可是倒了霉了。"

负能量会传染。

想到这里的时候,大摆渡船缓缓靠岸,停在西侧渡口,附近适合拍照的地方多,游客也多。袁北跟汪露曦下船后,怕跟丢了前面那个小小的背影,正想加快几步,刚好听见汪露曦喊他:"袁北,袁北!你快过来!"

袁北收了思绪走过去,发现汪露曦站在快雪堂门口抬头张望。

快雪堂也是北海公园里的景点之一,从前是皇家行宫,三进院落,如今是书法博物馆,可供参观。进门第一块刻碑,汪露曦就看不懂了,而且她没瞧见标注。

袁北走到她身边站定,瞄了一眼,说:"这是王羲之的《快雪时晴帖》。"

"你蒙我的吧,袁导?"汪露曦感到惊讶,之后又笑着道,"我没指望你真的懂啊,我可以去找人问一问的。"

袁北这会儿仿佛很得意,睨着汪露曦:"那你看谁顺眼问谁去吧,别跟着我啊。"

汪露曦想:就要跟。

汪露曦背着包,继续跟在袁北后头。

恰逢这几天有特展,而且免费,参观的游客非常多。

汪露曦借此机会发现了袁北的一个技能——他好像很懂书画。

不是好像,是确定,袁北非常懂。至少那些挂在展览里的书法作品,汪露曦是看不懂的,那些书法漂亮是漂亮,可她不知道写的是什么。但袁北可以给她解答,而且解答得极其详细。

"小时候,我爷爷说我性格不好,逼我练书法。"袁北说。

汪露曦觉得这句话的信息量很大,她想问,性格不好,是怎么不好呢?但周围人太多了,挤来挤去,她来不及细问。

她只是感到有些疑惑,至少到现在为止,她眼中的袁北全是优点——这话可就没法说出口了。一是不好意思,二是怕他骄傲。

"这个,这个我认得。"汪露曦在人群中一把拽住袁北的手腕,下一秒又觉得不合适,赶紧松开了,"这个,《滕王阁序》,是吧?"

她还等着被夸呢。

可一转眼,人都走了。

袁北没有在那些字画之中久待,在那儿有点儿憋闷,或许是太过拥挤。

经过九龙壁,汪露曦要去的最后一处景点是西天梵境,也叫大西天,是明代的喇嘛庙。

汪露曦觉得这个名字很好听,很像神话中的地名。这里最负盛名的是巨大的琉璃牌楼，工艺奢华又精细，由乾隆皇帝御笔，牌楼上方南面书写"华藏界"，北面则为"须弥春"。

汪露曦没有宗教信仰，涉及寺庙之类的就不太懂，但没关系，有袁导嘛。

袁北给她解释起"须弥山"的概念，人们用"须弥"比喻巨大，用"芥子"形容微小，所谓"须弥藏芥子，芥子纳须弥"，听上去很玄妙，又很有哲学意味。

汪露曦今天像一个好学生，在袁北说话的时候，她一直在认真听讲，等他说完了，便把自己的手机放回背包侧边，然后朝袁北伸出手："你可以把手机借我用一用吗？我感觉没记住呢，要再查一下。我的手机没多少电了，一会儿出去得借一个充电宝。"

袁北不疑有他，把手机递过去。

片刻后，她把手机还回来。

汪露曦好像忽然心情大好。

她再次抓住袁北的手腕，这次握得久了些。男人的骨骼终究与女人的有些微差别，她能够感觉到手心里他的腕骨是凸出的、微凉的、硬朗的。

她拽着袁北跑了几步，来到那座琉璃牌楼的北面，后退，再后退，然后松开了手。

汪露曦指着牌楼中间那精雕细琢的拱形门，说："你看！"

从那小小的拱门里恰好能看见北海的一角，而北海中央的白塔就那么不偏不倚地出现在拱门正中央。拱门就像是一个画框，框着它，拱门之内，视线受限，但在拱门之外，藏着宽广的风景。

红墙，碧水，白玉栏杆。

越过湖边的垂柳，蓝色的天际似乎要降落，一切遥遥在望。

那是北海。

那是北海的白塔。

这就是汪露曦提前做攻略找到的白塔最佳拍摄角度，取景时甚至刚好能将牌楼上的字揽入画面中，仿佛穿过狭路，就能觅得另一番广阔天地。

汪露曦深吸了一口气，然后举起了拍立得。

这是属于今天的"时刻"。

"袁北。"汪露曦喊道。

袁北站在她身侧，没有作声。

"袁北！"

"说。"

"你个骗子，还说带朋友来过呢，我刚才看你的手机了，你连浏览记录都没删，昨晚现补了课的吧？"汪露曦呵呵笑着，闭上了眼睛。

周围的游客真不少。但她不在意，与白塔同在一片风景里，这太珍贵了，她要闭上眼睛好好感受，旁人的眼光都无所谓。

不仅如此，她还邀请袁北一起。

于是，在熙熙攘攘的游客之间，在热辣的太阳底下，两个人跟傻子似的并排站着，闭着眼睛，静静地听着周围喁喁人声。

汪露曦还想抓袁北的手腕来着，但没好意思。

"别动，陪我站十分钟。"她说。

"不嫌晒了？"袁北问。

"晒嘛，反正也没你白，我放弃了。"汪露曦回答道。

湖面有风拂过来，凉凉的，好像一层柔软的纱在脸上轻轻扫过，又消失了。

汪露曦沉默着,忍住了想说话的冲动,她很不想打搅这一瞬,这是两个人之间难得的"时刻",他们的灵魂休憩在同一处,产生某一种同频共振,这种"时刻"可遇而不可求。

好比她刚刚看到《滕王阁序》的那一句——"天高地迥,觉宇宙之无穷"。

再好比,须弥之中,难得一隅。

天地这样大,无论是一个人,还是一个瞬间,当你感受到其珍贵,就该抓住。

汪露曦再一次闻到了袁北身上的气息,像青草、露水、大雨,或是树冠……管它是什么呢,总之,被风送到了她的鼻子里。

她想,不论过了多久,她都会记得这个味道,记得这一天,记得袁北,记得这一刻。

"袁北?"她突然喊道。

袁北应道:"嗯。"

汪露曦问:"你用的什么香水啊?"

袁北:"……"

汪露曦连忙补充了一句:"别误会,很好闻,就是好奇。"

袁北淡淡地说:"你好奇的玩意儿真不少。"

"你还不了解我?"汪露曦笑着。

她仍然闭着眼睛,仰着头,感受风,所以并不知晓袁北先她一步睁开了眼睛。

他看着她的侧脸,看她绑头发的彩色发圈,看她扎在两侧的低马尾散在肩前的发梢,又看她被风吹起的刘海儿、纤细的睫毛、翘起的鼻尖，还有鼻尖上挂着的一滴汗。

袁北终于注意到汪露曦化妆的痕迹了，因为观察到粉底被汗浸湿了一小块。

过了很久，很久。

汪露曦还闭着眼睛，听见一声笑，于是皱了眉，指责袁北："笑什么？你严肃点儿！"不懂珍惜！

袁北："……"

汪露曦满意了，深深地吸了一口气，再缓缓地吐出。

水还在荡，风还在飘。

她只觉得自在，却无法探得袁北心中所想，更加无从得知，此时的她连同白塔一起被袁北记下了。

这一天，这一刻。

北海北。

人间世，须弥春。

汪露曦之前约好了今天下午要拍写真，没提前和袁北说。

"我已经很感谢你陪我逛北海公园了。"汪露曦双手合十，"拍写真可能要很久，你下午找一个咖啡店吹空调好了，或者先回家？晚上我去找你，请你吃饭！吃大餐！"

因为景区附近的餐厅人满为患，排不上号，所以两个人在公园里的长椅上吃的午餐。除了零食和饮料，汪露曦早上出门时还在便利店买了鸡蛋三明治和烤牛肉饭团，由于它们在包里被挤了一上午，卖相稍有不佳，让袁北选时，她明显看出他皱眉了。

汪露曦不知内情，他这一皱眉，她就觉得有点儿不好意思。

"你不累?"袁北把走形的三明治挑走了。

"还好,给你看我这几天的步数。"汪露曦把手腕伸到袁北眼前,手环上显示她这些天无一不是每天两万步以上。

"怎么样?"汪露曦在等待被夸奖。

袁北喝了一口水,起身:"嗯,您厉害。"

哎,对,对,对!汪露曦追了上去,跑到袁北面前抬手打了一个响指,就是这个"您"有意思。她觉得北京话好听,特别是对别人的称呼,用起"您"来,怪有腔调的,不错,不错。于是她问袁北:"您再说几句给我听听呗?"

她的双肩包被袁北随手挂在了自己的肩膀上,挺大的包,背在袁北的身上就显得小,他拉着她的衣服后领把她拽到旁边,避开迎面的人群。

"说什么?"袁北问。

"我想想……"汪露曦接着说了几句在网上被网友称为"老北京市歌"的歌词。

袁北没接话茬儿。

但汪露曦发誓,她看见了袁北的白眼。

"你看短视频看多了。"袁北给出这样的评价,又看了一眼手机上的时间,"哪儿的约拍?"

"啊?"

"写真,在哪儿?"

"哦,就前面!什刹海!"

从北海公园出来往北走几步,即什刹海。

以银锭桥为界,什刹海分前海和后海。这里以荷花闻名,每逢盛夏,满眼都是翠绿的荷叶,荷花比叶高,错落地挺立着。

其实汪露曦前些日子跟团来过一回,因为行程里有恭王府,就在这附近。

恭王府是清代规模最大的一座王府,也是和珅私邸,是许多旅行团的必去景点。不过那天听讲解时汪露曦频频走神,她更在意的是恭王府曾是《还珠格格》的取景地,有很多影视剧里的名场面都是在那里拍的,她想约写真,也是想追忆童年。

袁北到底还是跟着了。

拍照的时候,他就站在阴凉处看手机,时不时望着远处发呆。

在什刹海拍写真的女孩子很多,隔几步就能碰见一个,大家都穿着差不多的格格装,头上的造型都是旗头,这么看过去让人以为是误入了古代宫廷剧的拍摄现场。

汪露曦特别怕袁北跟丢了,频频往他的方向看,被跟拍的助理小姐姐打趣:"你男朋友就在那儿,我帮你看着呢!"

汪露曦晃了晃手上的团扇,实话实说:"不是男朋友……"

她又看了一眼袁北,没过几秒再看一眼。

摄影师终于忍不住了:"镜头在这儿啊,妹妹!"

汪露曦倏地就脸红了。

等拍完照,回去卸了妆造,换了衣服,她几乎是一刻不停地飞奔到袁北身边要水喝。

袁北递过来的矿泉水是冰的,刚买的。

汪露曦仰头喝水,余光瞥见袁北的目光落在她的脖子上,只那么匆匆一下,他就将目光收回去了。

她低头拧紧瓶盖,袁北则继续看着远处,两个人的眼神好像从未相交过。

"袁北,你看过《还珠格格》没?"汪露曦问。

"没。"袁北答。

"不信,谁没看过《还珠格格》啊,就算是男生也应该看过的,童年嘛。"

袁北接过她手里的水:"〇五后的童年?"

"是啊,"汪露曦明白袁北的意思,"那可是《还珠格格》,那几年的暑假,电视台都播它,我从小就被人说长得像小燕子,你看我像不像?"

一张脸猛地向袁北贴过来。刚刚为了拍照贴的假睫毛还在,汪露曦故意瞪大眼睛扑闪,袁北显然愣了一下,然后把她的脸推远:"闲不住的劲儿倒挺像。"

"对吧!你还是看过的!"

汪露曦开始给袁北科普自己从小看过的众多宫廷背景的偶像剧,这涉及袁北的知识盲区了。

在袁北的记忆里,小时候,电视上只要一转到在放《还珠格格》的台,爷爷就皱起眉头——这闺女怎么疯疯癫癫的?

袁北能够完整地记得剧情的电视剧,大概只有和爷爷一起看过的《康熙王朝》,还有《铁齿铜牙纪晓岚》。那时候,片头曲一响,他就该把冰箱里的西瓜端上来了。家里的风扇和凉席都用了许多年,扇叶转起来像老人的呓语。傍晚,胡同,西瓜,花露水,大蒲扇,红果冰棍儿……这些是袁北的童年。

那时候有个词叫"胡同串子",袁北觉得自己就是。小时候他和街坊邻居混得熟,同学和发小也都住附近,去谁家找人都不敲门,掀了门帘就进，还能蹭一瓶汽水喝。

从什刹海出发，穿过烟袋斜街，没多远就是南锣鼓巷，也几乎是来北京的游客必去的地方。南锣鼓巷是非常商业化的一条街，各种网红小吃频频更新换代。

有家豆汁店出了一种豆汁口味的冰激凌，汪露曦很好奇。

排队的时候，袁北忽然开口："我家在附近。"

汪露曦回头："你家？"

"嗯，小时候的家。"袁北说，"去看吗？"

"看啊！"

两个人买完冰激凌就往那边去，不过那里其实也不算特别近。也或许因为一钻进胡同，汪露曦就字面意义上的找不到北了，绕的路多，所以没觉得近。

她想起自己在网上看到过的一句话：要来北京玩，就随便找一条胡同，哪里都行，一头扎进去，一直走，直到看不见店铺招牌了，直到人迹罕至了，直到砖石斑驳，几代人的生活痕迹跃然眼前，那么恭喜你，你找到了真正的北京。

汪露曦从来不知道，远离商业区，胡同里还有这么多住户。

有别于刚刚的喧闹，胡同深处静悄悄的。

她甚至不敢大声讲话，只能悄悄地问袁北："你的家人还住在这里吗？"

袁北摇了摇头："空了。"

"都搬走了？"

"不在了。"

汪露曦有一瞬的诧异，出于礼貌，她没有详问，是袁北主动和她讲起:"我从小和我爷爷、奶奶住,我大学毕业那年,爷爷、奶奶都去世了。"

此话一出,汪露曦就更加不敢吱声了。

不过她并没有从袁北的脸上察觉出难过或悲伤,大概也因为他这人永远面上不显情绪,总是淡淡的。

他还和汪露曦讲起当初的腾退政策,老城区要改造,许多胡同都拆了,人都搬走了,剩下没被划片要搬走的人也挺难受的,尤其是年轻人,不太爱住这老房子,可要想搬走,难度也挺大,毕竟北京房价寸土寸金。

袁北也不知自己算不幸,还是幸运。

他对父亲没什么印象,从小跟着爷爷、奶奶生活,母亲再婚远嫁到国外。他如今跟母亲也没太多联系,不过她在经济上倒是能给他一些支持,比如他现在住着的房子所在的小区和地段都不错,是母亲帮他付的首付。

长大,成人,懂道理,上一个不错的大学,找一份差不多的工作,在互联网公司拿高薪,相对地,也很累。他还着房贷,再给自己攒下一点点存款,日常就是家和公司两点一线。如果有人约,那他就去见个面,此外便窝在家里都快要长蘑菇。

袁北其实不爱社交,他的社交圈也仅限于从小一起长大的一群人,没什么新朋友。他对生活好像没什么期盼和梦想,就这么日复一日地过,说不上精彩与否,也没什么大成就,该有的开心会降临,该有的烦恼也一个都逃不掉。

所以当汪露曦评价他是一个低需求的人时,袁北觉得挺精准的。他不仅低需求,而且无聊又庸碌。

"哇，袁北，你这也太令人羡慕了吧。"汪露曦用小勺子舀着快要融化的冰激凌，"我觉得你的生活很好啊，毫无可吐槽的点，爷爷、奶奶在天上看着你估计也会觉得：呀，大孙子真厉害啊！"

这句话把袁北逗笑了。

他从包里拿出面巾纸递给她，示意她衣服前襟的一滴冰激凌痕迹："我哪句话说我生活不好了？"

他才不愿当那种矫情的人，并不会明明吃喝不愁，却还要每天怨天怨地，搞得像全世界都欠他一次重新来过的人生。只是价值观使然，这决定了一个人看世界的角度。

有的人把生活当加法，从零开始，每一次体验、每一份积极的情绪，都是不枉过一生的证明。

有的人则把生活当减法，提前预设了一个完美的人生，稍有哪一处不满，则要扣分，然后抱怨这一辈子有多么不如意。

袁北羡慕前者，鄙视后者，却又不得不承认他两种都不是。

他好像更像一个旁观者，冷眼看着自己的人生就像一场剧本杀，他把剧本一页页地往前翻着，却无法从中找到什么乐趣，也没有激进到想要掀桌重来。

文学作品里常用"创伤"来解释某一个角色悲观性格的成因，但那毕竟是文学化的表达，似乎并不适用于袁北，他从未觉得自己前二十几年的人生有何创伤，性格这东西与生俱来。

人生也就是一段过程而已，剧本杀，能有什么意义？

"袁北，你好像水豚。"汪露曦突然说。

袁北露出疑惑的神情。

"水豚！北京野生动物园里就有啊，就那家伙，无欲无求的。"汪露曦说，"而且你更严重，给人丧里丧气的感觉。"

她终于把那份豆汁味的冰激凌吃完了，说实话，味道不错，比豆汁原本的味道好多了。她本来拿了两个勺子来着，结果袁北一口都没吃，冰激凌全进了她的肚子，这让她不满。

"我明白了，你缺少 spark（火花）。"汪露曦又说。

几年前皮克斯动画工厂出的一部电影《心灵奇旅》里有这么一个概念：人首先要找寻到属于自己的"火花"，然后才能投身此世，这是这段旅程的意义所在。

火花很小，不一定是功成名就，甚至极有可能只是某一天的比萨很好吃，某一天的阳光很好，或是听见一首很好听的歌。

你因为这样一个瞬间觉得人生值得，觉得没有白走这一遭。

"暂时没找到。"袁北坦言。

"那就慢慢找呗。"汪露曦擦了擦手。

附近没有垃圾桶，面巾纸就被她一直攥在手里，袁北示意可以给他，刚伸出手，就被她拍掉。

汪露曦压低声音告诉袁北："嘘，别回头。"

"你真的很受小动物欢迎。"她盯着袁北身后，"你后面，房顶上，有一只好肥的猫！"

袁北松了一口气。

北京的老胡同里就是猫多，没什么稀奇的，而且是狸花猫，个个身手矫健。袁北回头，果然与猫对视上，它琥珀色的眼睛眯了起来，尾巴竖成天线。

可惜汪露曦刚把拍立得端起来，那只猫就蹿走了，镜头里只剩蓝汪汪的天和支着的房檐，还有人家在房顶搭的葡萄架，叶子茂盛，长势喜人。

"没拍到。"汪露曦遗憾地说。

"你等一等,它说不定会回来。"袁北说。

话音刚落,就有人从旁边院子走出来了,是一个穿跨栏背心的老大爷,对方被突然出现在胡同深处的袁北和汪露曦吓了一跳:"哎哟喂,这是怎么了?走不出去了?"

老大爷以为他们是迷路的游客。

由于搬走了太多年,袁北早已不认识四邻,显然对方也不认得他。

袁北笑了笑,撒了一个谎:"对。"

"那跟我走吧,我正好要出门。"老大爷说。

汪露曦不作声,跟袁北一起走在老大爷身后,一路上听着袁北和对方搭话:"大爷,您这附近猫不少。"

"嗯,多着呢。"老大爷回答。

周围由僻静,重回喧闹。

大爷把他们带出胡同,一直带到大马路上的地铁站旁。人来人往,游客络绎不绝,自行车嗖的一下从他们身边闪过,只留下一串响铃。

袁北和大爷道谢后,转头看见一直在憋笑的汪露曦,抬手敲了一下她的脑门儿:"乐什么呢?"

"没什么。"汪露曦摆了摆手,"就是觉得挺好玩的,刚刚那个老大爷不就经常说'哎哟喂',我让你说几句给我听,你偏不说。"

袁北有点儿无语,把她往地铁口推:"不饿吗?"

今天的行程总算告一段落,汪露曦丝毫没有累的模样。

"你想吃什么?"她边走边把自己在手机上收藏过的餐厅给袁北

看,"你挑,说好的,这顿一定要我请了。"

她的手机屏幕上方有微信消息跳出来,是刚刚给她拍写真的那家店里的工作人员发的。

他们有着流水生产线一般的拍摄和修图流程,出图效率就是高,这么一会儿工夫,照片都出来了。

袁北和汪露曦很快就上了地铁,车厢里很是拥挤。

汪露曦用手指在手机屏幕上挨个儿翻着对方发来的照片,不时展示给站在她身后的袁北:"你觉得怎么样?值不值?"

照片里,汪露曦穿着格格装,手里拿着团扇。

写真店给的样片都是在什刹海旁,背景是半亩风荷,前景有一位窈窕淑女,整个场景宁静致远。她倒好,没有在一张照片里是安安静静地摆造型,脑袋边上的流苏都快要飞起来,摄影师无奈之下尽是抓拍。

"这张要不要再修一修啊?我笑起来门牙这么显眼的吗?"

她龇着牙回头,想让袁北辨别一下,甫一回头却发现两个人站得过于近了。他们在地铁的强冷车厢里,袁北在她身后帮她隔绝了人潮。

汪露曦面前是逼人的冷气,身后袁北温热的气息自她头顶打下来。

她站在这一冷一热的交界处,忽然觉得心脏都随着地铁转弯轻轻晃了一下。

袁北在看她,目光的落点是她慌慌张张抿起的嘴巴。

汪露曦匆忙将头转回来。

地铁里传来电子播报声,下一站是朝阳门。

他们打算去吃晚餐的那家烤肉店在工人体育场附近,还有一站,汪露曦却感觉烤肉的炭火仿佛近在咫尺，马上就要烧到脸上了。

北京地铁怎么回事？这车厢的玻璃窗一天被擦几回，怎么这么干净？干净得她直视前方时，能清楚地看见站在他身后的袁北，那双清冷好看的眼睛正盯着她，很认真，未有一刻挪开。

两束视线在玻璃窗上交会。

汪露曦想不到自己率先败北，低下了头。

她又抬头，发现袁北还在看她。

过会儿她再抬头，他还在看她。

汪露曦只好故作镇定，低头继续回消息，和写真店的人员交流修图意见。

直到地铁前方到站的电子播报提醒盖住了袁北的声音。

但她还是听见了袁北说的那句话。

"袁北，我听到了哦。"她仍然低着头，"没劲透了，你有本事就大声说啊。"

身后传来一声轻轻的笑。

袁北重复了一遍刚刚的自言自语，平稳的声音进入汪露曦的耳朵，令她的耳朵有些痒："哎哟喂，哪里来的小燕子。"

晚上，汪露曦躺在青年旅社的小床上，将床帘拉严，举着手机出神。今天白天她走过的路实在有点儿多，现在她的脚掌有些胀痛，她不得不反复蜷缩脚趾来缓解。

袁北发来消息：你还打算去哪儿？想去但还没去的地方。

汪露曦：我想一想啊。

汪露曦：最近这几天我有点儿事情，我原本答应了邻居家的阿姨，在这个暑假帮她女儿补几天英语,她女儿在上初中。我前些天玩得太放肆,已经把这件事推迟很久了。

袁北:怎么补?

汪露曦:线上,我帮她改错题,然后打视频电话,一起找文章,做阅读理解。

袁北:有偿?

汪露曦:当然!!!

这就说到汪露曦引以为傲的点了,这次出来玩的大部分花销,包括高考完换新的手机和平板电脑的费用,都是她自己承担的。这些费用中她多年攒下的零花钱占一部分,在这个假期帮人补课赚到的钱占一部分,从学校搬走时卖二手生活用品和各科笔记的钱又占一部分。

当初她不了解"市场",是经朋友提醒才知,以她这个高考分数和名次,积攒的笔记很值钱的。汪露曦还有点儿沾沾自喜,但又免不了觉得这钱怪烫手的,所以把一科的所有笔记再搭一大摞错题集半卖半送,一眨眼竟把它们全给处理了。

她对袁北说,这是她人生中第一个完全不用操心学习的暑假,没有假期作业,也不需要担心考试,毫无压力,有钱有闲。

袁北顺着汪露曦的话茬儿:嗯,年轻真好。

然后他又发了一条:不出门就好好休息,我也去忙了。

汪露曦想:忙什么呢?要忙几天?你忙的时候,我还能找你吗?

而对话框里,袁北没有再回话。

汪露曦忽然觉得十分懊恼,发现是自己的话让聊天这么快结束了。她只是接下来几天有事做,又不是不能去见袁北了,她觉得自己还能绕着北京城"再战三万里",只要和袁北一起。

可一旦这样想,她就又感到有些惭愧。

骄傲与惭愧,期待与懊丧,当这些极其对立的情绪集于一身,汪露曦觉得自己恍如变成了一个吃完剩下的苹果核,又像一个没充气的轮胎,没精打采的。

她心知肚明,自己正驶在一条未知终点的道路上,但又能怎样呢?这世界上从来不乏清醒的人,但怎么想是一回事,怎么做又是另一回事,半路掉头真的很难。更何况她驶的这辆车马力足,零百加速非常快,一下子就蹿出去了。

汪露曦的手指敲着屏幕。

她特别想刨根问底,想问一问袁北,但又觉得心里那些闹得她不得安宁的问题或许有些出格。

她终究还是忍住了,将打好的字一个一个地删了。

她悄悄地将袁北的对话框设置为置顶,以便第一时间可以看到他发的新消息。

Chapter 05

他的火花

接下来的五天，汪露曦没有再给自己安排高强度的行程。

白天她窝在青年旅社，或是找一个装潢漂亮的咖啡厅，点一杯店里的招牌饮品，她戴着耳机隔着网线给小妹妹上课。晚上她再到点评软件上搜好评店铺，然后乘地铁出去觅食。

她和袁北的交流好像也停滞了。

不是那种一刀切的停滞，他们偶尔还是有短暂的对话，她发出的朋友圈，袁北也会点赞——这仿佛就是一种信号，昭示着他现在有空，他在用手机。

汪露曦刷码出地铁闸机，自人群中挤出，来不及上电梯，就干脆站在角落，先给袁北发消息。

汪露曦：嘀嘀。

袁北：怎么了？

汪露曦：你去过北京环球影城吗？

袁北刚刚点赞的那条朋友圈，是她转发的北京环球影城的年卡优惠活动。

袁北：没有。

袁北：想去？

想啊！想去啊！一起吗？

汪露曦在心里疯狂地叫嚣，但还是深呼吸，佯装镇定：等你有空？

她看着屏幕上方显示"对方正在输入"那几个字，猜测袁北会给出怎样的答复，然后预演自己应该给出的反应，最差就是拒绝嘛，又不少一块肉。她紧盯着对话框，直到袁北的消息跳出来——

袁北：我都可以。

汪露曦挠了挠头：都可以的意思是？

袁北：随时。

袁北：你最近不是在忙吗？

汪露曦发了三个感叹号。

她接着发消息：我说的忙不是连出去玩的时间都没有！而且是你自己说的，你最近也忙，所以我不敢打扰你啊，我又不是没有眼力见的人。

袁北回复了一串省略号。

汪露曦不知这串省略号代表的是何种情绪。

她也顾不上那么多了，反正现在她的情绪占上风，不吐不快。

汪露曦：你怎么回事啊？袁北！

袁北迟迟没有回复。

汪露曦忽然觉得有点儿委屈，还想继续说什么，但屏幕的画面突然一转，对方直接打了一个语音电话过来。

她接通电话，谁都没有率先开口，顿了几秒，袁北的声音终于响在耳边："你讲一讲理行不行？"

这话音是带着笑意的，很自然，是他的风格。

明明是开玩笑的语气，可就这么一瞬间，汪露曦觉得更委屈了，她甚至不知道这种委屈从何而来，就是猛的一下眼角发酸。

"我担心你明明不是很想理我，却又不好意思拒绝。"她压低声音说，"我是为你考虑。"

"倒打一耙还挺有理的。"袁北又笑着道，"你要不看一看咱俩的聊天记录，哪一回不是我接的最后一句？"

"可你也没主动啊？你可以问我，忙完了没。"汪露曦回答。

"你问我了吗？"袁北顿了顿，"你还有不好意思的时候？"

"这是夸我吗？"

他们简直跟小学生斗嘴似的，干吗呢。

袁北觉得无语了。

两个人都沉默了一会儿，还是袁北率先给了台阶："在哪儿？"

汪露曦低着头，用食指抵住鼻子，度过那一段酸涩的情绪后，举起手机让袁北听地铁站里的嘈杂人声。

"你刚醒吗？都中午了。"她听到袁北的嗓音有点儿哑。

"嗯，昨晚睡得晚，作息还是乱。"袁北回。

"为什么？上周你陪我出去，不是醒得很早吗？"汪露曦疑惑地问道。

然后，袁北又笑了一声："嗯，谢谢你啊，多亏了你。"

"不客气。"

两只猫见袁北醒了，绕着袁北的腿打转。

汪露曦听见了微弱的猫咪的叫声，接着是哗啦啦倒猫粮的声音，还有一声清脆的金属拉环声，应该是他开了猫罐头。

"明天有空吗？"袁北往碗里倒猫粮，用肩膀夹着手机。

"有。"汪露曦刚好走出地铁站，一脚踩进太阳底下，"去哪儿？"

"你定。"袁北说。

"前几天立秋了。"汪露曦忽然想起来。

到了秋季，可以在朋友圈或微博上发动态说起秋天的第一杯奶茶、秋天的第一块小蛋糕、秋天的第一片落叶……可是现在还很热，气候上还没真正到秋季，哪里来的落叶呢？

老舍先生笔下的《北平的秋天》，汪露曦看了很多遍，很喜欢，只是北京太大了，她在地理维度上才对北京窥见一斑，遑论感受北京的四季了。

她问袁北："北京的秋天，哪里好看？"

袁北思索了一下："都行，反正哪儿的叶子都会黄。"

"那今年秋天，我要到街头拍照。"汪露曦早就有所耳闻，北京的秋美是美，就是太短了，好像只有一阵秋风扫过那样短暂。

袁北没接这句话。他顿了一下，说："先说明天。"

"明天……去景山公园？"汪露曦提议。

"不嫌累？"袁北说。

"不累啊。"汪露曦扫了一辆共享单车，"你累？那要再休息几天吗？"

袁北："……"

景山公园刚好坐落于故宫的正北方，隔一条街便是故宫的北门——神武门，檐上有"故宫博物院"的题字。

当人身处景山公园的最高处万春亭，东可远眺CBD（中心商务区),西边是北海,往北可看见鼓楼和奥林匹克塔,向南能俯瞰故宫,且这是北京唯一一个可以看到故宫全景的地方。

中轴线之上,视野宽阔,那些红墙、黄瓦鳞次栉比。如果说建筑有生命,那么一览紫禁城全貌,大概就是在一瞬间与千年的历史交错,自己与它轻轻地、猝然地触碰了一下手指。

这天是周六,汪露曦要在晚上去。

因为每逢周五和周六的夜晚,故宫会亮灯,很多人都和汪露曦一样是为了见证这一刻而来。夏季亮灯时间大概在晚上七点半到八点之间,汪露曦提前查了很多信息,但说法不一,为了不错过,只能尽早。

汪露曦和袁北在下午六点就到达,沿着步道往上。

一路上游客不少。

古人说"高处不胜寒",景山虽然不高,但山上好像确实比山下要凉快些许,耳侧有微风拂过。汪露曦步子小,很快就被袁北落下了几步。

袁北今天穿了一件特大号的白T恤,袖口被风荡起皱纹,卷了边。汪露曦眼尖,隐约瞧见那袖口底下有一点点黑灰色,像是线条,这可是她的全新发现,之前从未注意到。

趁着袁北在拐角处等她,她走上前,隔着衣服点了点袁北的肩膀。

"是什么图案?"她问。

"机械,零件。"袁北将袖口往下压了压,并且在觉察汪露曦马上要憋不住的前一秒及时抬手,作势就要敲她的脑门儿,"你敢笑出来试试?"

"没有,没有,"汪露曦迅速敛住表情,挑选合适的形容词,"就是想不到，你也会有这种幼稚的时候。什么时候弄上去的？"

"高考完，或是大学时？记不住了。"袁北看了看汪露曦，"反正是在你这个年纪。"

是在和你一样，还错误地以为可以把人生观、价值观寄托于物品，对生活尚存一些表达欲的年纪。说当时的自己轻狂倒不准确，但年少是真。

"我还以为你没有这个时候呢。"汪露曦很想看一看，但袁北不给瞧，她又问，"后悔了？"

"不后悔，反正又看不见。"袁北答。

"那为什么是机械？"汪露曦又问。

"因为够装。"袁北坦然地说。

汪露曦一巴掌拍在了袁北的肩膀上："你正经点儿好不好！"

"那时候我特别喜欢科幻电影，"袁北说，"多看了几部，就开始胡思乱想，觉得人和机器没什么两样。"

脱去皮肉，里面即骨架，骨架支撑着主体接收意识，付诸行动。但即便是机械，它也会生锈，会卡顿，就好像人的生老病死。等到机械散架的那一天，机械零件重回熔炉，化为铁水，那些使用痕迹，那些曾经的摩擦和锲刻，通通丧失意义。它们然后开启新的轮回，那种已经重复过一万次的、新的轮回。

汪露曦今天穿了短裤和帆布鞋，背着双肩包，包上的毛绒挂饰在她身后一晃一晃的，植被密集处虫蚁多，有蚊子在她的大腿上狠狠地叮了几个包，她用指甲在被叮的包上掐了"十"字也不管用，只能催促着袁北快些，再快些。

当登上万春亭的那一刻，汪露曦遗憾地泄了气。

他们到底还是来晚了，没位子了。

周围的树木郁郁葱葱，万春亭楼阁精美，雕梁画栋，很漂亮，可目光所及之处全是人。特别是南边，能看到故宫的那一侧，栏杆旁被围得水泄不通。

汪露曦只能站在外圈，踮起脚，才稍稍能看见落日余晖之下，神武门斗拱飞檐的一个角。

"完。"汪露曦摊手。

袁北觉得好笑："下次再来？"

"下次就要等下个周末了。"

"那现在等吗？"

"等！"

好在人群是缓慢挪动的，汪露曦很快寻到了一个角落有空余位子。

在这个视角虽不如在中轴线中央那样正、精准，但勉强也能一览全貌。汪露曦喊袁北的名字，招呼袁北过去，又在他被横穿的游客截停脚步时伸手拽他的手腕，把他一拉。

汪露曦端起拍立得，先找一找构图。

她还给袁北指定任务，让他帮忙拍视频，务必要拍到亮灯的那一瞬间。

袁北说还不如等中间的游客拍完，"借"一张照片过来。此话一出，汪露曦的表情就像是要吃人。她对亮灯的那一瞬间无比期待："一定很震撼。"

袁北却说："还行吧，恐怕要让你失望了。"

"你来看过？"

"看过一次。"

都说景山公园的日落最浪漫，袁北的发小当初就是在这儿求的婚，还请了一堆朋友来做见证，搞惊喜。万事俱备，唯独忘了看天气预报，那天下暴雨，他们都浇了个透心凉。所谓的故宫亮灯，也并非所有宫殿都会亮起灯，而是只亮神武门那一圈，根本没有想象中的那样金碧辉煌。

后来几个朋友复盘这次"失败"的求婚，得出统一的评价：就像自己快饿晕了去吃席，等半天，上来一盘花生米。

汪露曦笑个不停："你就说求婚结果怎么样嘛，女生答应了吗？"

当然答应了。

现在他们已经是一家四口，儿女双全。

"对呀，结果是好的，而且下雨有下雨的景，晴天有晴天的景，只要是辛苦爬上来看到的，都好。"汪露曦拿出手机看时间，此刻已经是晚上七点半。

天际开始显现出紫粉色的绮霞。

太阳就快要落下去了。

汪露曦望着故宫，庄严的红墙，排列规整的宫殿楼阁，斜阳半束，融进金色的瓦。传闻故宫的房间有九千九百九十九间半，难怪如此。

连绵万里，好像望不到边。

有细小的黑点从翘起的斗檐上一跃而过，汪露曦眯起眼睛，终于看清那是乌鸦。

她对袁北说，也像是在自言自语："这些房子有很多年头了吧，也住过很多人。"

从黎明到黄昏，从冬到夏，从古至今。她不由得想起天坛的那些古树，一圈年轮就是一年岁月，古树上的年轮多得已经看不清纹路。

"有时候我也会跟你一样，很丧，你说和这些存了几百年甚至上千年的东西相比，我们算什么呢？人一辈子真的好短，有很多事情完全没有足够的时间去做啊。"

汪露曦趴在栏杆上，撑着下巴，盯一个地方盯久了，眼睛会发胀，所有浓烈的色彩都往瞳孔里钻，她觉得眼底发热："但好像又不太一样。"

拒绝给捡来的小猫起名字，是认为它们迟早要走。

不喜欢一切仪式感，是觉得时间留不住，所有人为干预都是徒劳。

对新鲜的东西提不起兴趣，是因为它们迟早会变旧。

汪露曦用胳膊肘碰了碰袁北："我发现你很喜欢想象，想象一件事的结果。"

就像机器总要生锈报废，太阳总要下山，楼房总要倒塌，再茁壮的树也总有枯死的那一日。这些都是结果。

汪露曦接着说："但是你听过那句话没？"

"人一辈子，其实只活几个瞬间。"

太阳又落下去了一点儿。

很多人开始看时间，然后纷纷举起手机和相机。

在密集的长焦镜头之间，汪露曦的浅蓝色拍立得就像一个玩具。

但她还是把拍立得举起来了。

她说："袁北，我觉得你说得对，一切都会结束的，一切都没意义……"

率先亮起来的，是景山前街两侧的路灯。

路上的行人和骑自行车的人仿佛也有预感，纷纷停了下来。

有人开始呼喊。

汪露曦继续把话说完："虽然这样说很残酷，但生活就是由很多没有意义的瞬间组成的。"

汪露曦在周围的惊叹声和呼喊声中，按下了快门。

故宫的灯亮了，在这一瞬间熠熠生辉。

正如袁北所说，其实并不震撼，也不恢宏。故宫有数不清的宫殿，大部分好像随着黑夜的降临一起消失在黑暗里了，唯独神武门这一处，橘黄色的灯光衬着红墙，还有"故宫博物院"几个大字安静地伫立在北京的中轴线之上，仿佛黑暗里的一束火把，发出炽热的光。

"我们不能因为知道结果就不出发，就像，不能因为这些灯迟早会熄灭，就不在意它亮着时的样子，至少它真的很漂亮。"汪露曦将刚显像的相纸递给袁北，她今日梦想成真，捕捉到了故宫亮灯的一刹那，"这张相纸本身没意义，故宫亮灯的这一幕也没意义。但这一刻，我和你在一起，这很有意义啊，对不对？"

袁北握着相纸，取景角度歪歪扭扭的，但已经是他们今天能够拍到的最完美的故宫，鲜活而生动。

他看着汪露曦，没有开口，却想起了汪露曦说过她喜欢用拍立得而不喜欢用相机和手机拍照的原因，是因为它独特的属性，代表着时间定格。

果然。

"以后我看到这张相纸，会想起今天，二〇二三年八月十二日，晚上八点，我和袁北。"汪露曦犹豫了一下，还是将那张相纸递了出来，"送你吧。"

袁北想，是她赋予了这一刻意义。

汪露曦和他这样的虚无主义不同，她锲而不舍地尽可能给人生的每一个瞬间都赋予独特的意义。这让他第一次有自惭形秽的错觉，也是第一次开始审视，开始自省，有没有这样一种可能，在过去的人生里，他错过了很多个这样的瞬间？

小时候上语文课，老师为"沧海一粟"做解释，说它是指大海中的一颗谷粒，可以用于形容在浩大的宇宙中个体的渺小。

所有的存在都会消散，就个体而言，这个过程就好似人间一场梦。但这个梦并不是微不足道的，至少，你可以让它变得不那么微不足道。

就好比故宫的价值，并不只在于它被建造，也在于它经历过的变迁与时光。

袁北看着那张相纸，最终将它放进了口袋。

很多游客在看完故宫亮灯后就要下山了，心满意足。袁北一边帮汪露曦挡住汹涌的人群，一边一本正经地逗她："相纸在我这儿，你以后到哪儿看？"

"那我再拍几张送你，你把那张还我，反正给你也是浪费了，你不是说没意义嘛。"

有的时候，汪露曦也"很会讲话"。

栏杆前扛着专业相机的队伍还没散，汪露曦想往正中央站，视线却依旧越不过前排的人头。

有一对情侣在举着自拍杆自拍，女生踮起脚亲吻男生的脸颊。还有一位父亲带孩子来玩，父亲蹲下身，让小孩子骑在自己的脖子上。

汪露曦下意识地回头看了一眼袁北，得到的却是袁北嫌弃的语气,他皮笑肉不笑地说:"别看我,我举不动你。"

汪露曦:"……"

真是够烦人的,袁北大概是专门来破坏氛围的,刚刚的浪漫气氛一下子散尽。

汪露曦又拍了几张照片,刚好到了公园清场的时间,在工作人员的催促下,她不情不愿地往山下走,并在心里计划,下一次得来看一看早上的故宫。

在回去的路上,汪露曦睡着了,就在袁北的车上,睡得还挺熟。

周末晚上国贸那片堵车,汪露曦迷迷糊糊之中好像听见袁北问她一会儿要吃什么,她回答的语气不佳,带着被吵醒的怒气,说了句"快餐"。

都怪刚刚在景山公园,那对父子和他们一起下山,小孩儿说晚上想吃薯条,被汪露曦听见了,她忽然就有点儿馋。

汪露曦再醒过来时,第一时间就闻见车里有炸薯条的味道。

原来车早已到公寓楼下。

袁北把车停在路边,不知道过了多久,汪露曦睁开眼睛看见他在低头看手机。

"醒了?"袁北看了她一眼,然后示意在车后排放着的快餐店纸袋,香气就是从那里面飘出来的。

他说:"怎么突然想吃这玩意儿。"

汪露曦拿过纸袋,发现没袁北的那份。

他说他不饿。

于是汪露曦在袁北的车上吃了一个双层吉士汉堡、一份鸡块、一份薯条。然后她把垃圾团成了一团。

袁北这时递来第二个袋子,是药店的塑料袋,里面装的是驱蚊水及一个圆圆的小铁盒——那是清凉膏。

晚上在景山公园的时候,汪露曦差点儿被蚊子"吃了",他看见了。

"回去自己抹点儿,下次爬山别穿短裤。"袁北说。

汪露曦点了点头,然后捏着塑料袋犹豫。

她透过车窗看了看外面。

青年旅社所在的那栋楼靠里,要往里面走约一百米,再拐弯。

汪露曦没有说话,只是转头看了看袁北,又沉默着低下头解开安全带,然后又看了他一眼。

没多久,她再看他一眼。

袁北的轻笑声和车门解锁的咔嗒声几乎同时响起。领会对方的用意从来都是袁北的强项,他伸手揉了一下汪露曦的脑袋:"陪你走一段。"

下车后,汪露曦把装着垃圾的纸袋丢进垃圾桶。

汪露曦和袁北并排走,两个人的胳膊时不时会贴在一起,然后又随着步伐的不同步堪堪错开。袁北的体温好像比她低一些,他的皮肤凉凉的。

汪露曦不自觉地开始抱着手臂。

不是自我防御,而是缓解尴尬,缓解手不知道该往哪里摆的尴尬,她的短裤又没有口袋。她手里只有一个装驱蚊水和清凉膏的塑料袋,都快被她抠出洞了。

然而再慢的脚步,再犹豫、纠结的心情也总有尽头。

他们很快就走到楼下。

汪露曦在原地站定,和袁北面对面。

她需要仰头,借着身后的楼前灯来看清袁北的脸。

很奇怪的是,袁北没有笑,也没有要开口的意思,就只是这么静静地看着她,眼神似乎有重量。

对视的时间忽然被拉长了,像是往水里搁了一把面粉,清水不再清澈,而是变得黏稠。

当然,这些都是汪露曦一个人的感受。

袁北始终未发一言,但他的眼神和从前任何时候的都不一样。

汪露曦确信如此,也正是这种确信给了她些许勇气和自信,让她往前挪了一小步。

她再次仰头时,和袁北的距离就变近了。

她看得清他眼睛的形状,还有瞳孔以及虹膜的颜色。

刚刚要是不吃那个汉堡就好了,里面还有酸黄瓜——汪露曦忽然冒出这么一个想法。

她在等,她清楚自己在等,只是不确定自己能否等得到。

可能是等了半分钟,也可能是等了一分钟。

直到大腿又有些痒,有蚊子循着光亮落在她的腿上。

但她连赶蚊子的动作都不敢做,只能紧紧地攥着塑料袋,双臂垂于身侧。

她看着袁北的眼睛,到鼻梁,再到嘴角。

然后,袁北在她的注视里抬起手来。

汪露曦下意识地闭上了眼睛,片刻后又迅速睁开了,因为脸上有触觉。

袁北的手擦过她的鼻尖,轻轻掐了掐她的脸,他的指腹有一点点粗糙,一点点而已,也没有停留很久。汪露曦甚至来不及分辨他手心的温度是否比手臂的温度高一些。

"一会儿又要多几个蚊子包。"他放下了手。

仅此而已。

汪露曦的肩膀垂了下去,她抿着嘴唇,勉强地勾了勾嘴角:"那我上去啦?"

袁北笑了。

汪露曦猜,他大概是笑她的小心翼翼,还有脸上藏不住事吧。

她回到房间时,对面床位的小姐姐正在看剧。对方见她进门,打了一个招呼,然后戴上了耳机。

汪露曦坐在床边发呆,很久都没动。

直到手机响了,她猜到是袁北发消息了,拿起手机一看,果然是。

他发了一张照片。

照片里是她歪着脑袋在副驾驶位睡得正香,不知道他在哪个红绿灯路口停下车时偷拍的。连她自己都觉得这副睡相实在不雅。

但袁北就这么把偷拍的照片发来了,并附言:回你一张,今天的"时刻"。

汪露曦又生气又想笑,干脆给他打了语音电话,说:"你怎么废话这么多呢?"

袁北挨骂了,却不恼:"嗯,嘴也进步了。"

汪露曦把双肩包卸下来,甩到一边,趴在了床上。

她问:"你到哪儿了?"

"还没走。"

"还没走?"

"嗯，"袁北说，"站一会儿。"

"站着做什么？喂蚊子啊？"

这个问题，袁北没有回答。

回应她的只有沉默。

因为这段沉默，汪露曦觉得刚刚已经消散的紧张感卷土重来了，她腾的一下坐了起来，此刻，她需要克制住自己想要跑下楼的冲动。

袁北似乎总能猜到她心里所想，说："早点儿休息，我走了。"

"哦。"

他应该就这么离开了，解锁车，回家。

应该是这样的。

但袁北骗了汪露曦。他离开公寓楼下，去便利店买了一瓶水，又在车里坐了一会儿，消化情绪或是什么，他自己也没想明白。

手机在黑暗中亮起，是汪露曦发来的消息。

她对他说"晚安"。

袁北放下手机，启动车，驶入了夜晚的车流。

北京还是北京，它是永恒的，沉默且有条不紊地运转着，从不会为某一个个体而停留、改变。

但生活在这里的袁北今天有一点点不一样，又或者说，遇到汪露曦之后的袁北有一点点不一样了。

难以形容。

大概是，他被点亮了。

他的火花。

他的火把，煜煜燃起了。

"汪露曦,醒了没?"

袁北发来一条语音消息。

汪露曦没有袁北那样的习惯,睡觉时从来不把手机设置成静音,而且就把手机放在枕头旁。别说收到微信消息了,她睡觉沉,早上的闹铃她一般都要设置三个以上,每隔五分钟一个,才能把她从床上"拉"起来。尤其是她白天走的路多,累了,晚上就睡得更沉。

但冥冥之中,似乎有人在拽她的耳朵。

早上九点。

汪露曦迷迷糊糊地拿起手机看了一眼,发现是袁北发来的消息,他只发了一条就没后文了。

叫人起床也不是这么个叫法吧?

她努力让自己清醒过来,想回复袁北,可是长按语音输入的键,短短的几个字怎么也说不满意。

人刚起床时的声音怪难听的,有点儿懒散,也有点儿哑。汪露曦试了好几次,调整了嗓音和音调,尽量营造慵懒、闲适又自然的效果,最终还是失败了,只好发文字消息过去。然后她把脸埋进枕头,胡乱地蹬了蹬腿,为自己的矫情做作叹了一口气。

袁北发过来了一条链接。

"北京环球影城的票不好抢,你填一下身份信息,我找旅行社的朋友帮忙。"他说。

汪露曦起了床,拉开床帘才发现,今天大家都起得很早,她对面床铺的小姐姐是来北京看望朋友的,今天好像要离开了。对方见汪露曦醒来,把行李箱往旁边挪了挪,随口闲聊:"你还要在这儿住多久呀?"

"我是来上学的,过段时间去学校报到,我就可以住宿舍了!"汪露曦回答,她在心里盘算了一下日子,去景山公园已经是几天前的事,现在距离开学还有将近半个月,此时她忽然对时间的流逝有了深刻的认知,原来时间过得这么快,她都出来玩这么多天了。

暑假真的快要过去了。

汪露曦一边洗漱一边给袁北回复消息:你今天起这么早,睡了几个小时?不会困吗?

袁北:还好。

汪露曦含着一口牙膏沫打哈欠:可我好像还没完全醒。

袁北:再睡会儿。

袁北:我到楼下了叫你。

他们今天的行程安排是去798艺术区。

这片区域最初是用于工业项目,有众多工厂聚集于此,但由于时代变迁,那些工业生产业务慢慢退出历史舞台,后来因为这里空间大、地面租金比较便宜,而且部分厂房是典型的现代主义包豪斯建筑风格,吸引了许多艺术家来这里开办画廊、工作室,在这里扎根。

从前的工厂区,逐渐变成了艺术区,再加上店铺和传媒公司的入驻,这里又升级成了文化创意产业园。前些年"文青"这个词还流行的时候,有这样一句话——所有文艺青年都注定会在798停留,写下属于自己的注脚,很难有例外。

不论什么时候,只要你来到这里,总能见到各种各样的艺术展。那些展有各种主题,涉及各个领域,天马行空,游客不需要多么懂行或是专业,尽情欣赏就好,这种不期而遇的惊喜人人有份。

汪露曦就是不懂行的人,自认为没什么艺术细胞,但不妨碍她来这里逛一逛。

园区里有一面墙,每年夏天都会吸引许多人来拍照,上面有大片密集的爬山虎,生长势头十分旺盛,似乎要将整个墙面都覆盖,连玻璃窗都不放过。

汪露曦举着拍立得,余光瞥见袁北驻足于一个展览入口前。

那是一个青年书法家的个人作品展,或者说,用"艺术家"这个称呼更为合适,不同于传统的书画要用笔墨纸砚,这位艺术家创作所用的工具来自自然。

比如他会在石头上写字,墨水就是用初春时石头旁新鲜的草皮碾成的汁水;再比如,他会用无人机拍下夏日的海边沙滩,然后发挥想象,把游客踩出来的斑驳脚印当成行笔的痕迹,随便连成几个字。

汪露曦着实看不懂,但她觉得这位艺术家的脑洞很大。

她见袁北一直在看宣传册,还以为他感兴趣,谁知袁北说:"这是我爷爷的学生之一。"

汪露曦微微感到惊讶。

她没有想到袁北的爷爷原来是书画领域的大家,失敬,失敬。随后她转念一想,这么说来,袁北也算是师从名门?

"我是我爷爷最差的学生。"袁北说。

"为什么,因为你没有这样的想象力?"汪露曦问。

练书法需要想象力吗?

"不是,因为我小时候性格不好,坐不住。"袁北笑着道,"我练字时很糊弄事,老爷子说我缺敬畏之心,甭跟那儿摆忙①了,写不出

---

① 北京话,指显出很忙碌的样子,多是长辈责备晚辈多动时用。

名堂的。"

汪露曦第二次从袁北口中听到"性格不好"这个词，她越发感到好奇，到底是怎么不好呢？她幻想出小时候的袁北，说："难道你小时候是闷闷的，不爱说话，或许还会有些孤僻？"

但袁北说："不对。我小时候蔫儿坏。"

汪露曦还是没明白。

在袁北接着的描述里，他从小长得文文弱弱的，像一个小姑娘，总生病，而且上学早，很晚才开始蹿个子。老师见他不怎么愿意开口讲话，还曾怀疑他患有自闭症，或是有什么心理问题，让家长带他去医院看一看。

"其实我是故意的，老师越是叫我站起来回答问题，我就越是不张嘴，看老师干着急，但拿我没办法，我觉得挺好玩儿。"袁北说。

这是什么浑蛋孩子。

汪露曦替袁北的老师捶了他的肩膀一拳。

"后来我上初中，甚至上高中了，也不太听话。"袁北接着说。

大家的青春期大差不差，都有过叛逆期，想要装大人，殊不知在真正的大人眼里，那时候的样子其实笨拙又好笑。

袁北也不例外。

他那时候喜欢某些男演员，也曾用至尊宝的背影当过QQ头像，装文艺青年。他曾梦想高中毕业后独自骑着摩托车环游北疆，可惜壮志未酬，实际上他在高考后借了一辆摩托车练手，第一天练习就把下巴摔破了，险些破相。

他在成长中是表面老老实实的，实际悄声捣蛋，优点少，缺点多。他有靠谱的时候，但那股无所谓的劲儿一冒出来也能让人气不过。

就是这么一个普普通通的北京孩子,磕磕绊绊地长大了,变成了一个普普通通的大人。

汪露曦倒是听得挺来劲的。

她觉得听袁北讲他小时候的事很有画面感,尤其现在这个人就站在她面前,这种对比有趣极了。

他们绕过一条街,面前是一片工业遗址。

作为从前的工厂区,798艺术区的大多数角落都保留着原来的工业设备,以营造艺术氛围。在这里随处可见工业质感的旧窗、废弃的老锅炉,还有高耸的烟囱。

旁边刚好有一个免费展,参观的人很多,主题是"旧·北京"。

关于展览的内容大家看介绍就能明了,这个展是搜集了一些"时代的眼泪"——比如有多年前的新街口、秀水街、长椿街的照片,有过去的西单某商场的照片,有很多早已销声匿迹的店铺的照片,还有正在变迁或尝试着变迁的老品牌店铺的照片……

汪露曦一边看展一边和袁北聊天。

其实不止她,有些东西太久远了,连袁北都不大了解,或是想不起来了。

袁北看到汪露曦停在一张老照片前愣神,她指了指面前的照片问他:"袁北,北京到底有几个机场啊?"

照片上是北京南苑机场。

那是中国第一个机场,满是历史痕迹,但后来随着北京大兴国际机场的建成,北京南苑机场于二〇一九年正式关停,至此,它只存在于记忆中了。

汪露曦没见过,自然不知道。

她还看到了几个摆在展柜里的玩偶。

那是二〇〇八年北京奥运会的吉祥物——福娃。

汪露曦笑了："这个我知道，北京奥运会的时候我还太小了，但我看过开幕式的录像。"

袁北扯了扯嘴角："故意的是吧？"

故意提醒他，两个人之间有代沟。

"哪儿有，我认真的！"汪露曦继续往前走，"我没经历过你的童年，但你也没经历过我的呀，就算你比我大那么几岁，见识的东西比我多点儿，但每个人的生活都不一样，你别以为自己比我大几岁就一定知道得比我多，袁北。"

她歪着脑袋，朝着袁北龇着牙乐："你讲了你的，我也给你讲讲我小时候好不好？"

袁北看了她一眼，脚步加快了："不听。"

"你听一下吧！你听一下！我求求你了！"

袁北："……"

他们晚上去北新桥附近的餐馆吃卤煮。

凉菜是刚做出来的，看着很新鲜，汪露曦又点了一份芥末墩儿和姜汁松花蛋。

饮料柜里有冰镇的玻璃瓶装的汽水。这个牌子的汽水市面上最常见的是橘子味和橙子味，喝起来的口感和味道跟其他汽水差不多，但比其他汽水里的二氧化碳更足，让汪露曦来形容，就是有点儿"辣"，要是再搭配一口芥末墩儿，天灵盖都要通风了。

汪露曦看到冰柜里还有易拉罐装的汽水，酸梅味的，她倒是没喝过这种，拿了一罐。等她把它打开尝了一小口，却没忍住蹙起眉头。

"不好喝?"袁北问。

汪露曦抿了抿嘴:"味道有点儿奇怪,我还是喜欢橘子味的。"

"再去拿一瓶。"袁北说。

卤煮店的室内装修很老派,木质桌椅,客人也不少。汪露曦去冰柜里拿了一罐新的汽水,扭头看见袁北坐在拥挤的桌椅之中是那样显眼。

他的背是挺直的,肩平而直,根本没有他说的那样吊儿郎当或是混不吝,至少在他们认识的这段日子里,汪露曦眼里的袁北一直很端正。

他是一个清俊、干净、端正的人。

除了偶尔显得懒洋洋的。

汪露曦仰头的时候,眼神不自觉地扫过他的脖子和滚动的喉结,片刻后才反应过来——袁北替她解决了那罐她喝过一口的酸梅味的汽水,而且没用吸管。

她顿时如芒在背,这种最不经意的亲昵往往戳人心窝,仿佛不知不觉中他们已经亲密非常。

有吗?

还是错觉呢?

袁北没有注意到汪露曦的脸色。

卤煮要拿票去取,排号还没到他们,闲聊之际,袁北随口问她:"学校要求哪天去报到?"

"九月一日。"汪露曦说,"你要不要跟我一起去啊?你上次回学校是什么时候了?迎新日应该很热闹,你要不要去逛一逛,学长?"

袁北笑了一声:"可能不行。"

这时叫号的电子音叫到他们的取餐号了,袁北起身去端。

两份一模一样的小肠卤煮被袁北端到面前时,汪露曦才懊恼地道:"我忘了告诉师傅不放香菜!"

袁北:"……"

汪露曦想:算了,将就吧。

桌上有辣椒油,她舀了两勺,然后抽了一双筷子,用纸巾擦了擦。"你刚刚说什么?为什么不行?那天你有事?"汪露曦问。

"嗯,"袁北的声音很平静,他淡淡地说,"我要出去一趟。"

"去哪儿?"

店里很吵,袁北没抬头:"出国,这个月末走。"

汪露曦还以为自己听错了,感到十足惊讶:"出国,干吗去?"

"留学。"

又响起一声叫号的电子音。

此刻就像是在热闹的人间忽然降了一阵雨,把人声都浇灭了。汪露曦觉得周围霎时变得很安静,一时忘了自己的动作,筷子被她拿在手里,筷子尖都轻微地颤动着。

"去哪儿留学?"汪露曦问。

"瑞典。"

"去多久啊?"

"两年,差不多。"

哦。

哦,他要去读书。

已经进入职场的人在工作的间歇年停顿一下,重回校园,好像是如今很流行的趋势。

好像是的。汪露曦在社交平台上看过很多博主都有这样的经历。

挺好的。

瑞典，在北欧，听上去像是袁北会选的地方，应该很适合他。

真好。

汪露曦的脑子里迅速闪过了很多东西，但她一样也抓不住。她潜意识里觉得自己应该难过一下的，因为她来到北京不久，刚在喜欢的城市认识了一个很有意思的、值得她心动的人，还没品出酸甜苦辣，他就要离开。

就好像她在车站等车，等着等着，车站搬走了。

她应该难过一下的，却又觉得没有难过的理由。

袁北要去留学，换个环境过新鲜的生活，这是好事啊。

汪露曦的思绪一时有点儿转不过弯，该表现出来的情绪迟到了，当下只有惶然。

她说："哦……所以你之前说自己有事忙，是忙着收拾行李吗？"

她也不知道自己怎么忽然问了这样一个无关紧要的问题。

"对，"或许是因为她的反应，袁北的声音也变得低而缓，"还有一些事情，要处理好了再走，房子，还有猫。"

哦，对，他还要交代好他的猫。

他办事一向很妥帖的，心很细。

汪露曦的嘴唇动了动，呼吸似乎都悬于半空晃悠了半响，她再开口时声音有点儿飘："那很好啊，哈哈，你不用倒时差了啊，到了那边刚好能适应。"

干涩的笑声，伴随这一个冷笑话，气氛陡然变得诡异起来。

在她的视野里，袁北没有笑。

他只是静静地看着她，与她安静地对视着，一言不发。

两个人同时陷入沉默。

汪露曦很想体面、自然地继续聊天，比如问问袁北关于留学和未来生活的细节，作为朋友，该有这样的关心，可她怎么也问不出口。

她有朋友的立场，可谁知道她一直以来在心里挂念的、琢磨的从来不是当他的朋友而已。

她到底想成为袁北的谁，究竟想和袁北建立什么样的关系，只有她自己知道。

闭目塞听，又想东想西，汪露曦发觉自己已经在这条路上漂移了太远。

她刚刚把手里的筷子搁在了桌上，袁北抽了一双新的给她："吃饭吧。"

一长段沉默被终结。

他又开始给台阶下了。

汪露曦微微一怔，看着自己面前那碗没有香菜的卤煮——袁北把他还没吃的那份里的香菜都挑出去了，然后跟她换了一份。

旁边一桌落座的是两个大爷，在等着叫号。他们的北京口音比袁北重多了，一个大爷唰的一声打开大折扇，扇了两下凉风，说起最近的天气："哎呀，这天儿太热了。"

另一个大爷接话："快结束了，立秋都过了，眼看就要凉快了。"

是啊！汪露曦想，立秋早就过了。

可是她忽然发现自己也没有多么期待北京的秋天了。

袁北就坐在她的对面，沉默地吃着东西，因为吃到她刚刚舀到碗里的那两勺辣椒油，额头出了些细密的汗，脸也有些泛红。

他是真的不能吃辣。

但他选择了忍耐。

他们其实都在忍耐,在当下,各有各的难关,横亘在心里,谁也帮不上对方。

汪露曦仍然愣着,将汽水往袁北面前推了推。

那日的冰可乐,今天的汽水。

他们只是短暂相交。

道理都明白,但汪露曦无法表达此刻的遗憾和难过。她终于察觉出自己是在难过,在喧闹的空间里,一切都像在膨胀。

北京的夏天真好啊!

汪露曦吸了吸鼻子。

她多么希望,这个夏天永远不要结束。

Chapter 06

喜欢你

接受遗憾和分别，接受事与愿违，是成年人要学的一课。

汪露曦至今为止遇到过的最惨烈的一场离别是高考。高考结束后，从前低头不见抬头见的好朋友就都要各奔东西。同宿舍的八个女孩子抱在一块儿号啕大哭，汪露曦哭得最惨，第二天早上起来后，她的眼睛都肿成了一条线。

但哭完了，考完了，她们仍约着逛街、看电影，聊各自考上的学校，还约定假期要到对方上大学的城市玩。她们的群里始终热闹，新消息几乎每天都有好多页。

好像一切也没什么变化啊？

汪露曦后知后觉地一拍大腿，为自己当初流的那些眼泪感到可惜。

既然如此，那是不是世上所有的离别都是短暂的，都存在后续，都有再次重逢、推翻重来的机会呢？

她想不出答案。

此时群里刚好有一条"艾特"她的消息：@汪汪汪师傅，你今天好安静哦，怎么没给我们发图？逛到哪里了？

汪露曦抬头看了看周围密集的人头。

汪露曦：我现在在鸟巢，人太多了，我想拍游客照，但是自拍杆坏了，等下找人帮忙。

鸟巢是二〇〇八年北京奥运会和去年冬奥会的主场馆之一，也承办各项演出。汪露曦喜欢的歌手今年就有在鸟巢开演唱会的计划，她还在期待。今天她主要是来闲逛，顺便看一看鸟巢开灯的夜景，拍个照。

群里有人问她：你一个人啊？你那个crush对象呢？

汪露曦抿着嘴唇：他今天有事。

她知道袁北要去留学后，这几天心里都有点儿闷闷的，昨天问他要不要一起去鸟巢，他回复说今天有事，所以没有陪她。

有什么事？是要忙出国留学的准备吗？汪露曦没问，也不想问，甚至今天一整天，她都努力克制着，没有主动找袁北说话。

天黑了，鸟巢亮灯，是变换的七色灯光，透过钢铁骨架溢出，夜幕之下，似有锐利锋芒。

汪露曦草草找路人帮忙给自己拍了一张标准的游客照，然后坐地铁返回。

地铁一如既往地拥挤。

汪露曦寻到一个靠近车厢连接处的位子坐下，边听歌边看小说打发时间，可看了没两页，就觉得没意思，怀疑作者今天更新的内容在凑字数。她关了APP，愣了一会儿，凭着手机显示时强时弱的信号鬼使神差地打开了某旅行APP。

瑞典真远啊……

汪露曦之前只知道北欧大概的地理位置，对瑞典这个国家的了解也仅限于宜家家居，这是她第一次细查，原来从北京直飞瑞典也要大约十个小时，要跨越欧洲大陆，经过两个大洋。

机票也好贵啊……

她开始惆怅。

这次北京之旅原本令她有所感慨——这世界真小，想去哪里都很方便。但此时她看着APP上模拟飞行图里那漫长的飞行距离，又觉得世界太大，大得让她望而却步，她的那点儿勇敢，好像不足以推着她翻山越海。

袁北的语音电话打来时，汪露曦刚好出地铁站。

电话那边是用过很多次的对话开头，没什么新意，袁北言简意赅地问她："在哪儿？"

"刚从鸟巢回来。"汪露曦塌着肩，一步步地往前挪。今天她明明只去了一个地方，却好像格外累，累到接起袁北的电话都要用很大力气。

话筒另一边，袁北沉默了一下，只告诉她旅行社那边有消息了，抢到了北京环球影城明天的票。

"要去吗？"汪露曦惊讶地道，"这么急，就在明天？"

"对，暑期的票很紧张，时间很随机，如果明天不去，就安排下周的时间去，你决定。"

"那还是明天吧……"

袁北只说他月末就走，谁知道具体是哪天，下周不就是月末了吗？

汪露曦撇了撇嘴："是不是要早点儿去排队啊？我研究一下明早出发的路线。"

北京环球影城在暑假的人流量实在有点儿恐怖，她之前看到过相关分享,据说在检票入口都要排队一个小时,要是去晚了,一天只能玩一两个项目,好亏。

"我就是想问你这个,你明早坐地铁要转一号线,挺麻烦的。"袁北顿了一下,"你要是愿意的话,今晚可以住我家,明早早点儿,咱们一起出发,我开车。"

"啊?"汪露曦顿住脚步,没有预料到话题的走向。

"你考虑,都可以。"袁北说。

他一贯细心周到,帮她将顾虑都想好了,并率先说出口:"我家有客房,偶尔也会有朋友来住的,我一会儿去收拾一下。"

他的态度十分坦荡。

汪露曦被激起了好胜心,既然袁北这么坦荡,她好像更没什么可进退两难的。况且那可是北京环球影城,没什么比在那儿多玩几个项目的诱惑更大。

此刻的汪露曦又把惆怅搁一边了。

她说:"好,那我一会儿就去。"

"我去接你。"

"我要回青年旅社拿一下洗漱用品!"

"我知道,我就在你楼下。"袁北说,"不急,我等你。"

袁北接到汪露曦的时候,看到她背着双肩包,手里拿着两个猫罐头。

"见面礼。"汪露曦关上车门,"我刚刚在隔壁宠物店买的,第一次上门拜访,要有礼貌。"

袁北挑了挑眉:"你未必能见着。"

"猫不在家吗？"

"在，不过有点儿怕生，见到陌生人会躲起来，猫就是这样的。"

"哦，"汪露曦敲了敲那两个罐头，"那算了，不见就不见呗，我不请自来，它们当然有拒绝的权利。"

袁北听了这话，看了她一眼。

车内气压有些低，不知缘由。

"袁北，你家的装修是什么风格啊？"汪露曦忽然没头没脑地问了一个问题，好像就是为了故意打破这低气压。

"不知道算什么风格，开发商送的，没改，太麻烦。"

"哦，我猜也是……那软装呢？"

软装，根本没有软装。

袁北回忆了一下，好像自从养猫后，换了两次沙发，换了三次椅子，都是因为被猫挠得不成样子，窗帘都被猫抓出丝丝缕缕的线像流苏一样了。

"家里有点儿乱，别介意。"他说。

到了家，袁北先进门，弯腰从鞋柜里给汪露曦拿一次性拖鞋。

汪露曦草草打量了一下屋里，确实没有见到猫的影子，或许小动物的听觉敏锐，能分辨出不属于主人的脚步声，早早地躲起来了。

她站在玄关，觉得袁北过于谦虚，家里的空间很大，也挺整洁的，黑灰配色的简约风，明亮宽敞，而且目之所及，东西少。这好像也挺符合袁北的风格，低需求的人，家这个地方只要满足生存需要，一个多余的花瓶或一幅多余的挂画都没有。

但他有一整面鞋墙。一整面，超级大。

汪露曦看呆了。

她听说过有人收藏鞋，却是第一次亲眼见。每一双鞋都用真空袋收纳，端正地摆在各自的亚克力鞋柜里，鞋柜里放着干燥包，客厅用空调和除湿机保持着准确的湿度，看上去袁北对待这些鞋比珍藏古玩还要精细。

她问袁北："只摆着，不穿吗？"

"对，"袁北说，"主要是收藏，因为大多是限定款，错过了就很难买到。"

汪露曦仰头望着这一面鞋墙发呆。

她第一次发觉，原来袁北这样看上去凡事都无所谓的人也会有执念，也会相信"限定的就更加珍贵"，从而更加珍惜，和她执着于用拍立得拍照没什么两样。只不过，他的执念是球鞋，是这一整面花花绿绿、不会说话的球鞋。

汪露曦看这些球鞋有些不顺眼了。

"你随意。"袁北示意她，"渴的话冰箱里有水，自己拿。"

汪露曦才不装，去了厨房，看到冰箱门上光秃秃的。袁北当然没有搜集冰箱贴的习惯，除了把手处装了一个猫爪形状的开瓶器，就只剩冰箱侧面有用小吸铁石贴的两张相纸。一张是那天在天坛她偷拍袁北的那张，另一张是那天的故宫亮灯。

她打开冰箱门，里面不仅有水，还有饮料、零食、便利店里的鸭货和水果拼盘，都是今天的生产日期，显然是袁北刚采购的。

她拿了一瓶 AD 钙奶，插上了吸管，猛吸一大口："待客这么周到。"

袁北没听见。

他刚从另一个房间里走出来，换了一件居家的衣服，也是宽松的

T恤，还是典型的日系风格，舒适、简单。

汪露曦问：“那是你的衣帽间？”

袁北回：“对。”

“另外几个房间呢？”

"你自己参观。"

汪露曦原本担心不礼貌，但既然得到了许可，她就很自然地挨个儿去房间里闲逛。

除了两个卧室、一个单独的衣帽间，还有一个书房。

汪露曦对这个书房最感兴趣，因为终于在此窥见了袁北口中的"小时候"——和刚刚看到的鞋墙的风格简直太割裂了，这里好像老人家的地方，有书橱、老木头材质的书桌，桌面还有笔架和砚台，墙上挂着被裱起来的书画。

"当初从平房搬出来，我把挺多老物件都处理了，留下的一些东西也没地儿放，就摆这儿了。"袁北说。

汪露曦指着其中的一幅字：“你写的吗？”

"是我爷爷写的。"袁北笑着道，"这里没有我写的，我写的那破字就别裱起来丢人了。"

这行里有句话叫"书为心画"。袁北很小就开始临字帖，学颜鲁公的字，可怎么也摹不到一星半点儿。爷爷说他照猫画虎，只会讨巧，写字不用心，只用手，能写出什么来？

汪露曦一幅接一幅地将字画欣赏了一圈，然后转过头，朝袁北龇牙乐。

她这么一乐，袁北就明白她的心思了，甩手往外走："免开尊口吧。"

"别啊!你都把我送你的照片贴冰箱上了,写几个字给我看,不过分吧?"汪露曦抓住袁北的衣服后摆,拽出一个角,"袁北……"

袁北:"……"

汪露曦其实就是好奇。

她太想看一看袁北写出来的字,更想看一看写字时的袁北。

不久,她眼前出现了一摞宣纸、一支笔、一瓶墨。袁北就站在书桌前落笔,汪露曦站在他身后,盯着他的肩膀,突然意识到那衣料底下遮挡着一个冷硬的机械图案,他用这样的臂膀来写毛笔字,有一种很奇怪的反差。

她还听说学书法的小孩子都要练悬腕这一关,不然手不稳。

于是她把目光又落到袁北的手腕上,看到他有点儿清瘦又好看的腕骨。他好像没怎么费劲,几个字就落成。

是一句诗。

等墨干,袁北把写好字的宣纸递过来:"送你。"

他的眼神很真诚。好像不论对视多少次,汪露曦都会在心里夸赞袁北的眼睛,那是一双好看的、清冷的、能隐藏很多情绪的眼睛。

她看了一眼那字,再看一眼袁北,内心夸赞的角度变了——她觉得这字真是漂亮的字,写字的人也真是聪明人。

她盯着这句诗看了很久,犹豫过后,到底还是把这张宣纸卷了起来,准备带走。

既然是送给她的,那她就留着。

"大的卫生间给你用,打扫过了,我用卧室的。"袁北说。

汪露曦走进卫生间,放下自己的洗漱用品。

她还瞄到一些袁北的东西,原本想看他用什么香水来着,那次去北海公园他身上的气息很好闻,但只出现了那一次。

算了,有点儿冒犯。

她从卫生间探出脑袋,看到袁北坐在客厅,时间还早,于是提议:"袁北,我们看电影吧。"

"好,看什么?"

"《哈利·波特》?"明天去北京环球影城,她最期待的就是霍格沃茨的城堡区域了,上次看《哈利·波特》系列电影已经是几年前,"随便挑一部,我要'补一补课'。"

"行。"

袁北买的那些零食就这样派上了用场。

汪露曦坐在沙发上开了一罐薯片,袁北调试投影仪。

卧室那边忽然蹿出一个黑影,一下子就不见了,汪露曦"呀"了一声:"袁北!我看到你家猫了!好圆、好胖啊!"

"嗯,它好奇。"袁北淡淡地说,"当人面不揭短,猫也听得懂。"

汪露曦双手合十,小声地道歉:"不是胖,是健壮,有福气。"道完歉又傻乐起来。她意识到今晚这间屋子里除了她和袁北,还有两个活的小动物,两个人和两只猫互相偷窥,多有意思啊。

袁北在她身旁坐下,跟她隔了大概能容纳一只猫的距离,丢给她了一个抱枕。

汪露曦舒服地往后仰,发出感慨:"袁北,你不觉得神奇吗?"

"天底下的东西,你都觉得神奇。"

"不是啊,我的意思是,缘分啊,那个旅行团里有那么多人,只有我们两个人成了朋友,现在还能坐在一起看电影,不是吗?"

袁北慢悠悠地说:"谁说只有你?"

汪露曦的脸上露出疑惑的神情。

"团里还有其他人加了我微信，直到现在，对方还每天给我发消息。"

汪露曦心说：除了我，还有人？男的还是女的啊……

她看着袁北的侧脸，觉得他在瞎扯。

她问："真的？"

"真的。"投影仪的光影落在袁北的眼睛里，忽明忽暗，"每天都发。"

袁北的手机就放在手边。汪露曦好奇心作祟，尝试伸手，胳膊停在半空中。她观察了一下，发现袁北没反应，似乎默许，于是胆子大起来，直接将他的手机拿来。

袁北的手机没密码，所以她轻而易举地瞧见了他的微信。

确实有这个人，对方是一个顶着荷花头像的阿姨，每天锲而不舍地给袁北发消息——宣传自己代理的保健品。

汪露曦把手机一扔："你耍我啊。"

袁北往后一靠，似笑非笑地道："那天的团里除了你，其他成员平均年龄六十岁往上。"

"我是图便宜嘛！"汪露曦撇了撇嘴，"而且那些阿姨挺可爱的，和我同住的那个奶奶还请我吃东西呢！"

汪露曦对这次跟团游的评价其实很高，不仅因为借此认识了袁北，团里的其他人也都很好。

她问袁北："你怎么会有导游证呢？你又不是学这个的。"

"大学的时候觉得日子难熬，就想着考证来打发时间。"袁北解释道。

不仅是导游证，还有演出经纪证之类七七八八的，但凡能考的，袁北都背题，去考试，以缓解在大三、大四时夹在学业和工作之间的焦虑，还有对未来的迷茫。即便是袁北，也会有这样的烦恼。

然而还没到那个阶段的汪露曦暂时体会不到。

她回忆起那天在天坛，袁北磕磕巴巴地讲解的样子，忍不住笑起来："我那时候觉得你肯定是一个新手，要么就是临时工，你的水平太差了，袁导，幸亏阿姨们不在意。"

袁北挑眉："我那时候觉得这个小姑娘的话真多。"

即便不专业，还磕巴，他那天也讲解得口干舌燥，好不容易找了一个清静地儿歇着喝口水，却意外当了偷听贼。一个这么漂亮的小姑娘，张口就伤人，正在打电话吐槽他。

从袁北的视角，看到小姑娘一口塞进嘴里差不多半个鸡蛋，把腮帮子鼓得像小耗子吃东西的样子。小姑娘先是说他工作能力不济，而后简直"扇了一巴掌又给个甜枣"——夸他长得真帅。袁北便摸了摸鼻梁，一时间竟不知道该哭还是该笑。

于是他犹豫再三，递出了那罐可乐，认识了一个叫汪露曦的人。人如其名，那天早上，天坛的古树棵棵茂密，叶片上的露水反射出钻石一样的光。

汪露曦说："你这么说，我更觉得是缘分了，虽然你偷听是不对的。"

袁北没有说话。

他沉默片刻后，悠悠地开口："其实也不止。"

"什么意思？"

"其实那不是我们第一次见面。"

"啊，你见过我？什么时候？"

很多年前，虽然袁北也忘记当时的一些细节了。

"你给我看过你小时候在天坛拍的照片。"他说。

汪露曦将信将疑，翻开手机相册，将那张照片放大再放大。袁北指了指，在她身后，天坛丹陛桥的另一边，一个男孩子入镜，还面无表情地比了一个剪刀手。

照片上的游客其实密密麻麻的，但只有他们两个人在那一刻望向了同一个镜头。

那个男孩子是袁北。

汪露曦根本不相信。她把那张照片几乎放到最大，然后仔细对比面前的袁北的脸。好像确实有点儿像，照片上的男孩子和此刻的袁北神态相近。人的五官随着年龄增长会有所变化，但气质和神态往往差不了多少。

"我都起鸡皮疙瘩了，袁北，你别吓我！"汪露曦很是惊讶，"这也太巧了吧？你那天也在天坛，去玩？"

"我忘了。"袁北说。

他依稀记得是妈妈那天从国外回来，顺便看一看他，只有一天时间，妈妈问他想去哪儿，其实袁北哪儿都不想去，但是又看不得妈妈失望的眼神，就随便说了个地方——"天坛吧。"

那句讲解词怎么说的来着？天坛，体现了古代中国人的宇宙观。

天圆地方，即便天地浩大，也总有尽头，尽头之处，有缘之人会相逢。

汪露曦哑言了。她呆滞地看着那张照片，不知道如何形容此时心里的波动。

她还是觉得难以置信，可袁北的神情又是真真切切的。

他嘴欠，爱开玩笑，但绝对不会在这种事情上开玩笑，因为他知道她会在意。

汪露曦咬着嘴唇，低着头。

电影播了什么，她完全没有注意，只觉得吵闹。她思忖半晌后，放下薯片起身，拿来了自己的拍立得。

"好神奇啊，袁北。"她期待地看着他，"我们再拍一张吧，留个纪念。这次你的表情好一点儿。"

"什么叫表情好？"

"就是笑一笑啊。"

"我拍照不会笑，真的。"袁北说，"我发小说大学毕业照上的我像刚挂科了，工牌上照片里的我像刚知道公司要倒闭了。"

汪露曦鼓励他："没事，没事，努力嘛，来。"

她举起拍立得，掉转镜头的方向，咔嚓拍了一张。

袁北果然没笑，表情像是凝固了。

汪露曦回手就是一巴掌拍在了袁北的肩膀上："别浪费我的相纸！嘴角提一提好不好！"说罢她伸手捏住了袁北的下巴，手动引导他笑。

袁北倒吸一口气："你这个小姑娘怎么总动手呢？"

他抓住了她的手："我都说了我拍照不会笑。"

汪露曦看着他们交叠的手指，忽然爆发了："笑一笑！你以为我很想笑吗？袁北！我又没别的要求，只是想跟你一起拍一张照片！你笑一笑好不好！"

她忽然有点儿情绪不稳，声音都有些快要哭了的感觉。

这把袁北吓到了。

他确定自己没听错。

小姑娘的眼睛红了,好像蒙了一层水雾,在投影仪照出的流转的光影之中,格外清澈。

"你这是干什么?"袁北重新调整了坐姿,捏住她的肩膀,把她往身前带了带,自己则在她的身后,"拍吧,我努力。"

汪露曦深吸了一口气,再次举起了拍立得。

咔嚓。

取景完全靠感觉,也不知道有没有把人拍全。

在等待相纸显像的几秒钟里,汪露曦始终低着头,直到两个人的脸出现在画面里。

画面里的她望着镜头,笑着露出了两排牙,袁北在她身后,轻轻地弯了弯嘴角。

袁北看向她的方向,目光似乎有重量,落在她的身上。他的心好似终于自悬崖坠落,再无声响。

接着是很久的一段沉默。

汪露曦腾的一下站了起来,扭头便往房间走。

"我困了,你看你挑的电影,无聊死了。"她说。

袁北却叫住了她:"汪露曦。"

声音很平静,不知有没有后文。

汪露曦没停下脚步,也没回头,只是摆了摆手:"睡觉!明早要是迟到了,就是你害我玩不成,我要打人的。"

"晚安。"她关上了门。

房间里很静。

汪露曦背靠着门,大口大口地呼吸。

今晚她在袁北这里收获了两样东西。千头万绪好像毛线团,她真的不知道怎么去理清,这滋味既心酸,又欣慰。

心酸是因为他写给她的那一幅字——莫愁前路无知己。

袁北把这句话送给了她。

欣慰,则是因为手里的这张照片。它都被她捏出了褶皱。

照片里,在她冲着镜头努力笑得真实时,袁北一直看着她。

那眼神里温度如何,有无暧昧和情愫,汪露曦都不想深究了。她只知道,在照片定格的那一瞬间,袁北的眼里只有她。

至少,她抓住了这一刻,对吗?

第二天早上,去北京环球影城的路上,阳光照进车里,汪露曦坐在副驾驶位,频频打哈欠。

她的余光望向袁北,看见他握着方向盘的手很稳,从她的角度瞧不出他的脸上有什么疲态。但当他们从停车场出来,走上城市大道,袁北的第一件事是去买咖啡,全冰且浓缩,顿时让他的一切掩盖都变得毫无意义。

昨晚袁北其实睡得很晚,汪露曦听见他的动静了。

他一直在客厅,直到那部电影播完,才起身回了房间。

袁北家的客房里是榻榻米,汪露曦睡在上面能将外面的声响听得格外清楚。

当时她就平躺着,屏息听着动静,听到了袁北很轻的脚步声,越来越近。当脚步声在她的房间门口停下,四周安静下来,她再也忍不住,把毯子盖过了头顶。

袁北最终没有敲响这扇门。

那汪露曦也就当作不知道。

"喝哪种？"袁北在咖啡店里问汪露曦。

"跟你一样。"她答。

"大早上就喝冰的？"袁北抬眼看她。

"就许你喝，不许我喝？"

等他们取到咖啡，汪露曦率先拿过一杯喝了一口。虽然今日她很想保持高冷风格，但还是表情控制失败，咖啡苦得她的眉毛都开始跳动。

袁北看得好笑，又点了一杯去冰的巧克力饮品、一个蓝莓贝果，把它们塞到她手里。

他们顺着游客人流的方向，沿着北京环球城市大道往前走。

北京环球城市大道是北京环球影城之外的购物街区，其尽头是一个硕大的蓝色地球雕塑，上面写着英文——UNIVERSAL（全世界的），也是环球影城的地标。

汪露曦远远地看见这个蓝色地球时就格外激动，一声尖叫后快步往前跑，至此，昨天盘算了一晚上的"今天不给袁北好脸色"的计划也宣告失败。

她把拍立得递给袁北，让他帮忙给她拍一张常规的游客照，就在UNIVERSAL的文字前。

这个地球雕塑的四面八方都是正在摆造型的人，汪露曦站好，跟袁北说："尽量找一下角度，少一些陌生人入镜哦，不然说不定多年以后……"

话没说完。

袁北看了她一眼。

原来阴阳怪气这么有意思,汪露曦悟了,但又不想太过嚣张,因为无论她说什么,袁北都不接茬儿,也不反呛,好像一拳打进了云朵里,这和他们前些日子的相处模式又不一样了。

袁北不回嘴,乐趣就少了一半。

汪露曦负责找路线,看方向,袁北就负责跟在她身后拎包。

哦,对了,袁北擅自做主买了北京环球影城的"优速通",为了使排队时间短一些,提升体验。汪露曦知晓此事后有些无奈。

她说:"欠人情好没意思……我会还你的。"

说这话时她其实有点儿心虚,因为意识到自己已经麻烦袁北这么多天了,不知道还有没有时间做出努力,使两个人之间的天平恢复本来的模样。

她又说:"如果今天来不及玩所有项目,也没关系,以后我还会再来。"

她至少还要在北京待四年呢,以后可以和同学来,和朋友来,和室友来。还有很多机会的。

至于今天——

"今天就尽力吧,"汪露曦蹲下身拉紧了鞋带,"尽力,看我能玩多少,冲!"

说冲,她真的就冲出去了。

一天的时间太短,游客又太多,她还要到热门的地点拍照,除了努力奔跑,好像也没什么其他办法。

她想拉着袁北一起奔跑,在这个宛如脱离现实生活的浪漫之地,竭尽所能地往前跑。

游乐园总要打烊的,花车巡演也总有尽头,演员要下班,灯光要关闭,但在那之前,我能做些什么?我该做些什么?

汪露曦在心里这样问自己。

这一天的天气很好,好像比去北海公园的那天还要好,天空慷慨又体贴,铺了这么一片纯净的蓝色,拍出的照片像是调好了色。在汪露曦的相纸里,各个建筑上所有高饱和度的色块都像是用颜料刚泼洒上去的。

她在小黄人乐园停留了很久,因为这里小孩子最多,比侏罗纪世界努布拉岛和变形金刚基地里更加吵闹。

小孩子拍照怎么会有那么多稀奇古怪又可爱的姿势啊?

一个小妹妹抱着小黄人的雕塑,以拥抱的姿势被拍了照,她还亲了亲小黄人脑袋上为数不多的几根头发。下一个到汪露曦上前,她也跟着学,远远地看见端着拍立得的袁北好像笑了,他弯了弯嘴角,朝她竖了个大拇指。

餐饮亭有小黄人模样的爆米花桶,像个小背包,还可以背在身上。

爆米花这东西真的神奇,平时让人想不起来吃,但只要在电影院或游乐园出现,必定让人想买。

上一锅爆米花卖完了,工作人员往机器里放进了新的玉米粒,要等十五分钟,等待的人排成一长列。

一个带孩子的爸爸想要插队,顶着各个家长的白眼上前,看袁北是独自一人,瞧着又好说话,于是开口询问:"能不能插个队?孩子在闹情绪,一直哭呢。"

"您这话说的,谁不是'带孩子'呢?"袁北极其自然地说着北京腔的话,漫不经心地接过一桶爆米花,在诧异的眼光里招呼远处刚从卫生间洗完手出来的汪露曦,"过来!"

汪露曦把爆米花桶背在了身上，还整理了一下背带。

她根本不知道发生了什么，只觉得这桶爆米花刚出锅，热腾腾的，外面裹了一层焦糖，好甜。

甜得让人舍不得一口气吃完。

汪露曦说："袁北，我们去坐过山车吧，一会儿有花车，大多数人肯定要去看花车，我们现在去过山车那边，刚好人少。"

北京环球影城的游乐设施大多适合各个年龄段的人来玩，霸天虎过山车算是唯一和"刺激"搭点儿边的。

汪露曦是能坐跳楼机的，这种程度的过山车对她在胆量上构不成威胁，她没当回事。

谁知道她正坐在过山车里发呆呢，几声铃声结束，她还没回过神，过山车就噌的一下蹿了出去。

这一趟她都没有什么失重感，但速度极快，超出了她的心理预期。

从车上下来后，她险些吐了。

明明开始时她还拽着袁北反复确认：袁北，你可以吗？不要逞能啊，你不行的话，我可以自己去的……

现在好了。

袁北站在她旁边，替她拍着背。

汪露曦先是埋怨早上的巧克力饮品，又嫌刚刚的爆米花太腻，转头一看，袁北明显在憋笑。

她不乐意了，说："不行，我要再坐一遍！"

为了给汪露曦"一雪前耻"的机会，两个人又去排了一遍队。

"优速通"的效用终于显现。

虽然做不到处处都畅通无阻，但的确能节省不少时间。快到天黑时，他们已经把大部分区域逛完。

汪露曦把哈利·波特的魔法世界排在最后，等天黑下来了再去。

那里复刻的霍格莫德村简直和电影里没什么两样。天黑后，各个沿街店铺的玻璃橱窗都会亮起，橘色的灯光影影绰绰，店门被反复推开，又关闭，店里热热闹闹的。

汪露曦抬头，向前看，巨大的霍格沃茨城堡近在咫尺。

她想，大概猫头鹰也会偷懒，她竟然直到今天才收到魔法世界的录取通知书。

她拽了拽往前走的袁北："等一下！"

袁北以为她是看到身边来来往往的游客都穿着魔法袍，心动了，于是了然，往商店那边走，结果被汪露曦再次拦住："哎呀，你等一下！"

她在手机上查到这片主题区域的几个魔杖互动点，然后拽着袁北往另一边走："走，走，走，这边，这个我一定要试一试。"

所谓魔杖互动，是橱窗里安装了传感器，能够捕捉到橱窗外挥舞魔杖的动作，然后触发效果，比如使橱窗里的小蛋糕飘浮起来，或是使煤油灯瞬间亮起。

"魔法袍就算了，太热了。"汪露曦说。

她是纠结过的，最终还是担心那宽大的黑袍把自己热出一身痱子，遂作罢。

但魔杖她一定要买。

北京环球影城每年会有一款主题魔杖，今年是用了凤凰元素，手柄处是红黑配色，看着很酷。汪露曦见到"限定"两个字就挪不动腿了，回头看袁北，他果然跟她一样，目光落处一致。

两个人回过神，对视一眼，双双笑出声。

汪露曦就这样拥有了这根魔杖。她把园区内所有的互动点都体验了一遍，犹觉得不过瘾，又将魔杖对准了袁北。

她说："我最喜欢的一句魔咒是'守护神咒'。"

"Expecto Patronum.（守护神咒。）"袁北替她接上了这一句。

汪露曦的眼神变得惊喜："哈，你知道！"

"惭愧，魔咒这门课学得好。"

袁北还是那副爱装的模样，已然开始角色扮演，再次把汪露曦逗笑。

"守护神咒"是《哈利·波特》里用于抵抗摄魂怪的魔咒，会召唤出属于自己的守护神，它们以动物的形态出现，如月光般纯净，为魔法师带来光明和希望。

汪露曦问袁北："你最喜欢的呢？"

袁北思索了一下："Lumos?（荧光闪烁？）"

这是照明咒——荧光闪烁。

果然是袁北的风格——低需求，别人期盼月亮，而他只想要一颗星星。

"那么请问亲爱的魔咒课代表同学，您来自哪个学院呢？"汪露曦举起魔杖，在袁北面前画了一个圈，随后被他捉住了魔杖，他的眼神意味明显：还要继续演？

"我来自格兰芬多。"汪露曦率先做自我介绍，还很优雅地伸出了手。

袁北用目光扫过汪露曦摊开的掌心，笑了笑，把手覆了上去，轻轻握住："你好，勇敢的格兰芬多。"

手掌交叠。

又同时放开。

汪露曦愣神了片刻。她看着自己空荡荡的手心,忽然觉得,自己还是不够勇敢。

勇敢的格兰芬多才不会瞻前顾后,不会胡思乱想,更不会犹犹豫豫。他们只会认准自己所相信的,不顾后果地向前冲。

"琢磨什么呢?"在她愣神的同时,袁北帮她把魔杖收了起来,放回了盒子里,然后敲了敲她的脑门儿。

可惜。

汪露曦脑海里胡乱的思绪,敲是敲不散的,只能一点点靠自己厘清。

她享受了一晚上的魔法,最终还是抱着魔法杖,回到了麻瓜世界①。

今晚汪露曦还有一个意外的收获——

当他们推开袁北家门的时候,汪露曦见到了袁北的两只猫同时出现在客厅,一只在舔毛,一只在吃饭。它们见汪露曦跟着袁北进门也没有太惊讶,不像昨天那样吓得逃跑,或许已经适应了,适应了她这个不速之客。

汪露曦问袁北:"我可以摸一摸吗?"

"可以。"袁北拿了一瓶水给她,"小心被抓伤。"

汪露曦没有和小动物相处的经验,尝试半响,最终也只是摸了摸猫背上的小绒毛。猫咪转身,大尾巴扫过她的手臂,痒痒的触感,反

---

① 指《哈利·波特》里不会用魔法且不相信魔法存在的人所生活的世界,即普通世界。

倒把她给吓一跳。

"袁北,你要出国,它们两个怎么办?你家怎么办?"

袁北刚从衣帽间出来,听到这话,拿出手机,往汪露曦的微信里发了一串数字。

"大门密码。"他说,"我不在,你可以来住。"

汪露曦疑惑地起身,看向正在喝水的袁北:"……什么意思?"

她看了看原地躺下的两只猫,好像忽然明白了袁北的意图,声音都不稳了:"大哥,你不会是要我来照顾猫吧?"

还没等袁北露出无语的表情,她又指向那一整面鞋墙:"是不是还要我顺便照顾你的鞋?"

袁北这一口水险些就喷出去了。

小姑娘脸上的震惊不是演的,还挺搞笑。

"我暂时没给猫找到新主人,会把它们放到我朋友那里。"袁北强忍着笑,"定期有阿姨上门来打扫,其他的也不用你操心。"

"那要我来这儿干吗?"汪露曦又不明白了。

"我是说,如果你不愿意住宿舍,可以来这儿;你偶尔和同学在校外玩得太晚,来不及回学校,也可以到这里;或者你心情不好想一个人待着;再或者,朋友之间有人过生日,想找个地方聚会……"袁北在脑海里根据自己读大学时的经验,把遇到过的困窘和意外通通想了一遍,最后得出结论,"总之,这里让给你。"

汪露曦浅浅消化了一下这些信息,终于明白过来:"我不要,鹊巢鸠占的事情我可不做。"

怎么是鹊巢鸠占?

袁北看了她一眼。

汪露曦接着说:"况且我闲着没事到你家干吗呢?好像我可怜兮兮地等你回来似的。"

袁北:"……"

汪露曦进了卧室。

片刻后她又去而复返,趴在门边问:"袁北,我们可以把昨晚的电影看完吗?昨天我们看到哪儿了?"

袁北刚想说,不是看完了吗?可瞧见汪露曦眼神里闪烁着的试探,忽然察觉到,险些跳了她的坑。

"你重新挑一部。"他说。

汪露曦扯了扯嘴角:"那就……最后一部,大结局吧。"

这一晚,汪露曦终于又闻到上次从袁北那儿闻过的记忆犹新的香味了。

好像不是香水的味道,应该是洗浴用品的味道,因为袁北没擦干头发,坐在沙发的另一侧,他身上的气息令她很熟悉。是清浅的青草气息,有一点点苦。

汪露曦只觉得今天苦涩的尾调稍微浓郁了些。

她和袁北仍坐着昨天的位子,不同的是,此刻两个人之间多了一只猫。

就是那天被送去体检的猫,它显然比另一只猫的胆子更大一些,已经不怕汪露曦了,挪动屁股挤了挤,刚好就趴在了汪露曦和袁北之间,贴着两个人的腿,微合着眼睛。

"袁北,它是在看电影吗?"

"你问一问它。"

汪露曦:"……"

汪露曦不太敢碰，只用指尖轻轻地碰了碰小猫的耳朵尖。

"袁北。"

"嗯。"

"你要去的地方……是不是有很多雪啊？"

"是。"

北欧的冬天似乎是凛冽的代名词，绝大部分时间都让人瞧不出土地本来的颜色，地面常年被大雪覆盖，日照时长短得可怜，阴沉的天气和黑夜似乎如影随形……但并不妨碍有人觉得雪色里的行人和屋里的暖灯梦幻又治愈。

那里仿佛与世界尽头不过咫尺之间。

正因为此，汪露曦会有一种袁北要"离开"这个世界的错觉。

听了她的描述，袁北有些无奈地道："你盼我点儿好成吗？"

汪露曦嘿嘿笑了两声："我喜欢雪，我想来北方读大学，也是因为想常常看到雪。"

她给袁北看自己在手机里收藏的"北京看雪胜地"，其中最有名的是故宫的角楼。几乎每年冬天北京落下初雪时，故宫角楼那里总会聚集大批年轻人，其中有一些是摄影师。

不是有句话吗——一下雪，北京就变成了北平，故宫就变成了紫禁城。

"今年的初雪，我想去故宫角楼看一看。"她说。

猫咪的尾巴扫过汪露曦的手臂，她壮起胆子，摸了摸小猫的头。

"袁北。"

"嗯。"

"你会拍很多照片给我欣赏吧，在你读书的地方？"

袁北:"……"

袁北沉默了一下,汪露曦似乎从这不明显的间隔里听到了一声微弱的叹息,不知真伪,又或许,只是猫咪的呼噜声。

"会。"他说。

"好啊,那今年北京初雪的时候,我也会拍照片发给你的。"汪露曦盯着电影,努力把声音控制平稳,另一只手的指甲却嵌进了手心。

从袁北的角度瞧不见她的动作。

她才不想被他瞧见。

"你还有哪里想去?"袁北问。

他的声音也很平稳。

今晚的气氛似乎过于和谐了。

"我想去学校逛一逛。"汪露曦想了想,"趁还没开学,趁……总之,我想先去学校探一探路,既然有前辈带路,那就太好了。"

袁北点了点头:"你挑一天。"

猫咪的呼噜声很助眠,硬生生地令汪露曦听困了。

电影是《哈利·波特》系列的最后一部——《哈利·波特7:死亡圣器(下)》,在霍格沃茨最后一场大战里,似乎所有人的感情都爆发了。

罗恩终于承认自己喜欢赫敏,哈利和金妮在兵荒马乱的学校里拥吻,从来胆小的纳威飞奔着去寻找卢娜,因为不知道生命是否已经走到结尾,他要亲口对喜欢的女孩子告白……在他还活着时。

面临未知的结局,格兰芬多学院的人们爆发出最后的勇气。

他们是最勇敢的学生,也是最勇敢的爱人。

汪露曦不再在意电影剧情,她的思绪渐渐飘了起来,巨大的困倦马上就要把她淹没,此刻她只觉得沙发靠枕高度合适,很舒服。

她闭上了眼睛。

然后,她的脑袋靠在了袁北的肩膀上。

同样,被倚靠的人也无心在意电影剧情。

袁北甚至无法顺畅地呼吸。

一片混沌的空间里,有什么东西在叫嚣,在汹涌澎湃。

他也不知道自己大脑的神经到底为何对他下达了这样的指令——他近乎本能地抬起手,抬起靠近汪露曦的那只手,这不自觉的动作似乎全然未经考虑,把他自己也吓了一跳。

下一秒,他将手绕过汪露曦的肩膀,掌心覆在她的头发上轻轻地摩挲。

再然后,他贴得更近了。

他的侧脸贴着她的发顶,这是一个类似环抱的姿势,好像一方拆了城墙,给了另一方进城的路口。

硝烟弥漫之中,一切都显得晦涩而喑哑,只有一个清亮的声音,宛如天外来音——

嘿,你可以靠近我。

请你靠近我。

…………

汪露曦在微微颤抖。

她低着头,闭着眼睛,需要死死地咬住嘴唇,才能控制自己不要哭出声。

脖子有点儿疼,就像那天在飞机上落枕了一样。手背的触感奇怪,是因为贴着猫咪的肚皮,热乎乎,毛茸茸,还有它轻微的呼吸。

汪露曦不肯动，不敢动。

因为袁北没有动。

此时此刻，一切好像不必非要被分辨得清明。她对袁北的评价依旧不变——他很好，不是因为她喜欢他就给他添加了粉红色的滤镜，而是因为他本身就是一个很好的人。

他细心、耐心、有责任感、善良、谦虚、礼貌……

而今晚，貌似是他唯一一次"出格"。

他也只是摸了摸她的头发，那样珍重。

汪露曦在脑海里选了很多个形容词，但都觉得苍白。她终于明白了那一句——人们到底如何描述爱情？当你穷尽一生所学，仍无法用理智来应答，那么，这大概就是爱情的形状。

袁北很好，非常好。

可汪露曦同时也忘了，"揣着明白装糊涂"不是袁北会做的事。

"汪露曦，醒了就别装了。"袁北平稳的声音里夹杂了一丝独属于夜晚的涩和哑。

"我们谈一谈吧。"他说。

汪露曦感觉到袁北的掌心挪开了，他的手从她的头发上缓缓落下，垂在沙发旁。

"别抖了。"袁北说。

汪露曦装不下去了。

她深呼吸一下，鼻子酸酸的："闭嘴，我的头发粘在脖子上了，痒，要你管。"

袁北："……"

他要站起来，似乎是要去开灯。

但汪露曦的动作更快。

她在袁北完全起身前快速行动,几乎可以称得上迅猛地朝房间跑去了。

"困了,明天再谈。"她丢下一句。

"汪露曦!"袁北喊了一声。

最后的回应,是摔房门的声音。

汪露曦发现,一切重演了。

今晚的剧情好像和昨晚没什么两样,她的背仍旧抵着门板,心里好像被掏空了一块,漏风。

她再次听见了袁北的脚步声。

也和昨晚一样,他的脚步轻轻地停在了她的房间门口。

汪露曦焦躁地捏着自己的手指,此刻被又羞又恼的情绪溢满。

她痛恨自己不够勇敢,明明对绝大多数事情都可以做到坦然,唯独面对喜欢的人,唯独面对袁北,显得又胆怯又别扭。

他们之间的窗户纸都薄到透见天光了,负隅顽抗有什么意义呢?

但她就是不想让袁北亲自将它捅破。

咚咚。

袁北先她一步。昨晚他没有触碰的门,终究还是在今夜被敲响了。

这敲门声也好像砸在了汪露曦的心里。没用的,大结局的这一幕,总要上演,因为已经到最后的时刻了。

袁北只在门口等了半分钟。或许更短。

当他再次抬起手要敲门时,门却开了。

客厅是昏暗的,房间里也是昏暗的,但他能看见汪露曦的眼睛,看见她眼底的水光,好像魔法里月光降临,荧光闪烁。

"袁北,"在他的视角里,站在黑暗里的小姑娘深深地吸了一口气,仰起头,与他对视着,"好,我们谈一谈。"

她还补充了一句:"但我想请你先听我说,可以吗?"

汪露曦坚持与袁北对视:"因为我有太多话想说了,从我见到你的第一天开始。"

袁北没有说话。

他以沉默作答。

汪露曦这时再次深呼吸,心里好像有点儿底气了。

月光赐予勇敢者最坚定的守护。

刚打开门的那一瞬间,她透过袁北身后的那扇落地窗,瞧见了外面夜空中挂着的月亮,如此温柔、和缓、从容不迫。

我是最勇敢的格兰芬多。

汪露曦在心里给自己打气,她要给袁北竖起榜样——人这一生,特别是面对爱情,永远不要惧怕结果。

人在昏暗的环境里容易滋生欲望和冲动。

不能回沙发那儿了,汪露曦觉得自己现在急需一个硬板凳,最好能让自己正襟危坐的那种,好让她保持清醒。

两个人去了餐桌两边,面对面,中间隔着一盏多边形吊灯,在光洁的桌面投下棱角分明的影子。

袁北要去给她拿零食,被汪露曦严词拒绝:"哪有人谈判的时候还啃鸭脖啊?"

这怎么就变成谈判了?

但袁北还是坐了下来。

既然有人想要占据主动权,他也就不说话,静静地等待汪露曦开口。

"袁北,我没有谈过恋爱。"

开头便是这么一句。

紧跟着第二句,是以问号结尾:"袁北,我想问一问你,你接受异地恋吗?"

袁北面色未改。

灯光下,他的眉眼清晰,连睫毛投在眼底的影子都没有晃动一下,好像他早就知道她要说这些似的。这让汪露曦原本提前打过草稿的长篇大论就这么哽住了。

她顿时有种在学校上公开课,对着学校领导回答问题时的感觉。

她努力压抑住心慌,用眼神示意袁北:你回答啊?该你说话了。

袁北却依然没动,只是目光沉沉地看着她:"你先继续。"

继续就继续。

汪露曦低下了脑袋,双手交叠在腿上,用力攥紧了拳。

"我想过了,从刚知道你要走时,我就开始想,我觉得我们完了。"她的语速很慢,"我们的性格完全相反,你好像对什么东西都没那么在意,但我不是的。我大概是个很标准的高需求人格吧,自我意识很强,情绪反应大,最重要的是,在很多事情上,我需要别人顺着我,我得到满足了,就会很开心。

"我妈妈说我小时候就很爱哭,必须有人陪着玩,不然家里的天花板都不保……"

汪露曦的肩膀又塌了一点儿:"我没有谈过恋爱,但我幻想过自己谈恋爱时的样子。在我的想象里,我应该会在大学里找到一个温柔、细心的男朋友。最重要的是，他要陪着我，陪我去图书馆，陪我去食堂，周末陪我逛街找好吃的，晚上要送我回宿舍，我要是生气了，他要在我的宿舍楼下抱着礼物和玫瑰花等我、哄我，把头像和朋友圈封面都设置成我的照片……"

虽然这些听起来很幼稚，可能在许多人眼里，这是最肤浅又小儿科的爱情。但在汪露曦眼里，这不丢脸。

"我就是想要这样的恋爱。"她说。

热忱、简单、时刻陪伴，必要的时候，再加点儿大起大落的情感刺激。

汪露曦觉得，或者说，至少现在，十八岁的汪露曦觉得，这就是完美爱情的模样，就像……偶像剧那样。

"但是喜欢上你以后，我就觉得完了，我的偶像剧实现不了了，你哪里像是会陪我演偶像剧的人嘛！"

"而且你要出国了，我好难过。"她仍然低着头，声音都带着点儿哭腔，"我接受不了异地恋，别说异国了，只要两个人不在同一个城市我都会焦虑。我一想到以后我在学校只能和你隔着时差用手机交流，我吃到好吃的，也不能让你尝一尝，我要是和同学闹别扭了，你也不能来陪我，我就会觉得……"

觉得好没意思。

好没意思啊，袁北。

但这句话汪露曦没有说出口。

她吸了吸鼻子，说出的是后面一句："可是我太喜欢你了。"

灯影似乎有微微的颤动。

或许是袁北有什么动作吧。

汪露曦没有抬头看,仍然沉浸在自己的情绪里:"不管你信不信,我见你第一面就很喜欢你,虽然你那时候很装,说话还阴阳怪气的,但我就是总想偷看你……"

他们正式见第一面时是在机场那次。

汪露曦想起自己那时站在路边,急急忙忙地给旅行社打电话。而袁北就坐在石墩子上,面无表情地望着远处的车流发呆。他在想什么,她也不知道。

当时他会不耐烦吗?

肯定会的吧。

但他还是等了她二十多分钟,还是没有把她丢在机场。最后他也只是瞧了她一眼,漫不经心地问:"确认了?"

然后他极其自然地提起了她的行李箱。

"烦死了,我就是太容易被外貌吸引,"汪露曦懊恼地继续道,"你就长在我的审美点上,我有什么办法?"

她说到这里时抬头,问:"你早就知道我喜欢你,是不是?"

"对,"袁北也看着她,淡淡地说,"我知道。"

看,这就是袁北。

汪露曦再次觉得自己没有看错人。

袁北从不会故意装糊涂,也不会假装不知情,从而把别人的感情当成可有可无的东西,甩手扔掉,或是随便放在手里,闲时把玩,还要故作姿态:呀!这是什么时候进我口袋的?

既然他感受到了,那就是有。

没有谁的感情不值钱,轻视感情不尊重人。

并且从他们相识以来,不论袁北内心的情感如何,在行为上,他始终礼貌又克制,这让汪露曦感觉到被尊重。

她长长地呼出了一口气:"我纠结过了,真的,我也不敢保证我们就是合适的人。但至少现在,此时此刻,我很喜欢你。我不想考虑太多了,也不想让自己难受。"

她将目光直直地投向袁北:"不就是两年吗?异地就异地嘛。现在又不是古代,虽然我也没什么信心,但我想试一试……"

她说话的声音越来越小。

汪露曦把想说的都说完了。

"话筒"被转交,她在等待袁北发言。

可袁北沉默的时间比她想的要久。

就在她等到耐心快要耗尽的时候,袁北终于开了口,却是问她:"你还记得你如何评价我的吗?"

汪露曦点了点头,又摇了摇头:"哪一句?"

"你说,我总是很喜欢想象,想象一件事的结果。"袁北看着她,"你评价得对,而且性格这东西与生俱来,很难改。"

"什么意思啊?"

"意思是,我没有办法抛去结果,只关注一件事的过程,尤其是当下在我看来这件事的结果极有可能不是太好。"

汪露曦觉得脊背麻了一下。

可让她更加皱紧眉头的是袁北的下一句,他用轻松的语气说出的却是最残忍的内容:"其实在你说刚刚那番话之前,我还在犹豫。但你说完了,我觉得我的想法是对的。我也很庆幸我没有被自己的感情带着跑,跑出理智之外。"

汪露曦的呼吸有一秒钟的凝滞。

她听懂了，但无法接受。

她正要开口，袁北抢了先，他的手肘撑在桌沿，手轻轻地扶着额角，桌上的光影变换了形状。

"你认为我们能够在一起多久？在我离开之后，在隔着时差和距离的情况下，在彼此的生活完全不相交的情况下，在你即将迎接忙碌的新生活的情况下，你觉得我们能维持这段关系多久？"

汪露曦使劲摇头："我不知道。"

"我不喜欢不确定性，更不喜欢勉强，去强求什么。我本来就是这样的人，与你无关。"袁北说，"我没办法对一件已经预料到极有可能失败的事情鼓起信心，因为没有结果。"

因为没有结果，所以它没有意义。

"你怎么知道就没结果？！"汪露曦忽然大声道，"凭什么说没有意义？"

她从前劝过袁北，在景山公园，在故宫亮起灯的那一瞬。她说过的那些话好像都被风吹散了，反正没进袁北的耳朵里。

"而且，没结果又怎么样？不能因为看到了结果，就不出发吧？人还都会死呢，你怎么不现在就挥刀啊？"

袁北被她这口不择言和张牙舞爪的样子逗乐了。

他这么一乐，汪露曦就更生气了，恨不能绕过桌子掐住袁北的脖子摇一摇，看他脑子里装的是什么东西。

她的双手用力地拍向桌子："所以你就是因为异地，而拒绝？"

袁北沉默了一会儿："不止。"

他看着汪露曦："我们才认识……不到一个月，你确定你所说的喜欢，不是新鲜感？"

"或者只是因为我和你从前碰到的男同学都不一样,所以你才对我有兴趣?

"就像你喜欢北京,但如果你在这里生活了很多年,你走遍这里的每一条街、逛遍这里的每一个商场了,你确定还会喜欢它吗?"

一连串的问句。

汪露曦抿着嘴唇,思考了半晌:"新鲜感,是有新鲜感,但喜欢不都是从新鲜感开始的吗?"

"万一有一天新鲜感没了呢?又该怎么办?"袁北的眼神有点儿冷,"你对我的分析已经很透彻了,我觉得连我都没有这样了解我自己。

"我就是这么一个无聊又普通的人,说像一潭死水有点儿过了,但我确实对万事不上心,每天得过且过,没什么高尚的理想,也没什么改变现状的想法……

"辞职,离开北京,离开从小长大的地方出国留学,是我做的唯一一个改变。因为我在这儿没什么牵挂了,所以想换一个环境试一试。不怕你笑话,做这个决定我用了两年时间,可能同样的事情放在你身上,你可以拎着行李箱马上出发……汪露曦,这就是我们的不同。"

说到这里,袁北顿了顿,语气变得艰难:"要是有一天你终于忍受够了我这人无聊的本质,或者觉得异地恋撑不下去了,再或者,你找到了能时刻陪你演偶像剧的人,真的到了那个时候,怎么办?"

"什么怎么办?谁谈恋爱能保证百分之百走到最后?我保证到时候好聚好散,这还不行吗?"汪露曦突然说。

"那我呢?"袁北忽然皱起眉头。

"什么?"

"那我呢?那我的感情算什么?"

汪露曦一下子愣住了。

在她的愣怔里，袁北缓缓向后，靠在了椅子背上，好像被抽走了些精力。

"你别觉得我冷血，今天跟你把话说明白了以后，我也要缓很久。"袁北苦笑着，"但我真的做不到像你这样，快速入局也能快速抽身。如果真的到了那个时候，你觉得我们其实不合适，跟我说要分开，我能做什么呢？"

汪露曦无法回答这个问题。

她也意识到了，其实所谓的回答不重要，真正的矛盾点在于他们对待爱情的看法不同。仿佛在袁北身上有一层防御机制，他抵触只看过程不论结果的感情。

尽管他们都痴迷于收获"限定"的成就感与满足感，但，感情不同。

不能一概而论。

特别是袁北这样的人。

可真的存在摒除一切不确定性的恋爱吗？

只有确定了这段旅程是能够持续一生的，才迈出起跑线？这合理吗？

谁知道终点在哪儿，人在奔跑的路上花掉的那些精力、路过的那些山川湖海、见过的无数次太阳和月亮，就真的不作数吗？

"你对待感情好谨慎。"汪露曦的眼圈红了，"你对所有的女孩子都这样吗？你每谈一场恋爱都是唯结果论的吗？你对别人——"

"没有别人。"袁北打断了她。

"像你说的，我有这样畏首畏尾的爱情观，哪里配拥有爱情？我也不知道我有没有参考样本。"他静静地看着汪露曦,"感情这事,我很难在短时间之内全情投入,真的做不到,你是唯一一个,让我变得不一样。

"汪露曦,我喜欢你,很喜欢你,你清楚。"

汪露曦终于忍不住了,把脸扭向了一边。

袁北的猫窝在沙发上,两小只,在黑暗里睁着亮晶晶的眼睛,看向他们所在的方向。

汪露曦想:是啊,你喜欢我,我知道,我感觉到了。可正是因为感觉到了,所以好难过,好遗憾,你倒还不如告诉我,你对我毫无感觉。

"真的没有可能吗,袁北?"她的眼泪掉了下来,"如果说,我们换个时间认识,你不是在我们刚认识,刚有一点点感觉的时候就要出国……如果没有异地恋这回事,如果我们还有更多的时间相处,我们会在一起吗?"

没有得到回应。

"袁北,你说话!"汪露曦觉得自己还是接受不了,这委屈的感觉带刺,扎得心又疼又痒,真的好难受,"两年而已,要是我等你回来呢?"

"对你不公平。"

"你别扯这些了!"汪露曦抹了把脸,"你好烦!"

袁北叹了一口气。

漫长的沉默之后,他终于开口:"我不确定。"

周围好像陡然变冷了,四季在快速更替,袁北的声音仿佛沉进了冬日的湖底:"我不确定两年之后我会不会回来,还没有那时候的计划。我之后或许去其他国家，或许去看望我妈……我在北京已经没有亲人了。"

汪露曦明白了。

原来如此。

原来他不是没有计划，只是不会为她改变计划罢了。或者说，她不在他的计划之内。

二〇二三年的这个夏天真的很好，他们一起逛了很多地方，看了很多风景，但对袁北来说，风景不是永恒的。

有人赞美过程，可也有人更注重结果。

汪露曦是前者，愿意为过程赴汤蹈火。而袁北是后者，只为确定的结果付出，终究无法像她一样，拍了照片，就天真地以为自己抓住了那个瞬间。

因为那对袁北来说，毫无意义。

"我知道了。"汪露曦说。

她起身，去客厅拿纸，嗖嗖地从纸抽里抽出几张，然后狠狠地擤了擤鼻涕。她背对着袁北，瞧不见他的表情，但能听见椅子后撤的声音。袁北应该起身了，或许要走过来，于是她伸出一只手，在身后挥了挥，示意他别动了，也别说话。

"你别安慰我，也不要跟我说对不起之类的，你又没有什么值得抱歉的。"她说。

他们只是性格不同，选择不同，没什么可指摘的。

何况从两个人相识的那一天开始，即便是作为旅行中认识的朋友，袁北也算是热心仗义、尽职尽责，是一个靠谱的、值得托付的朋友。

"我只有一个问题，你得回答我。"汪露曦把手里的纸捏成一团，眼泪干了。

"你说。"

"你能不能跟我讲一讲,你是从什么时候喜欢上我的?"

袁北好像没有思考,一点点停顿都没有:"北海。"

哦,北海。

北海的白塔。

汪露曦并不感到意外,只是忽然觉得惆怅起来。

她觉得自己怕是以后都没有到北海公园踏青赏景的资格了,因为以后任何一次她再踏进那里,脑袋里都会有一个叫袁北的人冒出来叫嚣。

她忽然看向袁北,又问:"那你喜欢我什么?你能夸一夸我吗?"

"活泼、通透、善良……"袁北说着,笑了笑,"我不会夸人。"

"挑一个最大的点呢,最大的优点?"

"爱笑?"袁北说,"笑起来很漂亮,这算吗?"

"你不也是看脸吗,喊。"汪露曦又说,"我不是为了从你的肯定中找自信,我的优点我自己知道,我是为了让你加深一下对我的印象,以后想起我,你会追悔莫及、痛哭流涕、崩溃自责……"

她把从小到大学过的表达遗憾的四字词语都用上了,但最后还是顿了顿,仿佛按下了脑子里的撤回键:"算了,我还是希望你好。"

希望你好。

汪露曦整理好心情,看着站在餐桌旁的袁北,忽然意识到这好像是他们认识以来他第一次说这么多话。

也算是创下历史纪录。

并且,此时此刻,袁北肉眼可见地有些无措,这也是他第一次有这种表现。

"袁北，我要喝酒。"汪露曦说。

"不行。"

"那我要吃饭。"她路过袁北，径直走回餐桌旁，坐下，"聊了这么久，我饿了，我想吃炸酱面。"

"现在？"

"对，现在，吃夜宵。"汪露曦抱着手臂望向白墙，因为哭过，现在只觉得餐桌上方的灯很晃眼，"作为主人，给你远道而来的朋友做一碗正宗的北京炸酱面，这不过分吧？"

她早就看到过一种说法——你问任何一个北京人，哪家饭店的炸酱面正宗，对方都会十分笃定地告诉你，是自己家做的。

"你会做饭吧，袁北？"她问。

"会。"袁北说，"家里没材料……没面条。"

冰箱里除了零食，就剩点儿蔬菜和鸡蛋，看着有点儿可怜。

"楼下不是有便利店吗？你下去买。"汪露曦说。

袁北没动。

汪露曦盯着白墙，继续听动静。

他还是没动。

过了很久，传来一声笑。

"汪露曦，你要是赌气，想把我支开，自己走，那就没必要了。"袁北绕到餐桌的另一边，出现在汪露曦的视野之内，"太晚了，不安全，明天我送你。"

被戳破心思的汪露曦红了脸："谁说的！我就是饿了，我想吃炸酱面！"

两个人有几秒钟的僵持。

"行。"袁北走进了厨房。

二十分钟后,汪露曦吃上了这碗面。

面条是袁北自己和面,自己擀的,动作利落,她都看呆了。

凌晨时分,大概整栋楼只有他们这里的厨房亮着灯,抽油烟机在运行。

"小时候我奶奶总做面条,我爷爷爱吃,什么炸酱面、打卤面,或者咸菜汤面,浇点儿花椒油。我跟着看,也就看会了。"袁北拿来筷子,"肉来不及解冻,今天这酱是鸡蛋的,凑合一下。"

汪露曦用筷子尖挑着面条上面的黄瓜丝和鸡蛋,声音闷闷的:"还会做面条……你别散发魅力了好不好,我好不容易调整好心情。"

袁北没说话。

"明天你陪我去学校逛一逛吧。"她几乎埋首在面碗里。

"行。"

"明天下午吧,我要睡个懒觉。"

"好。"

汪露曦吃完这碗面,一根面条都不剩,吃撑了。

她洗漱完,和袁北互道晚安,然后回到房间,假装除了浮肿的眼皮和饱胀的胃,一切都没有发生过,只是平平常常的一天。

她在黑暗里给朋友发消息:*我失恋了。*

她的态度非常肯定:*这次是真的,失恋了。*

没想到的是,这么晚了朋友还没睡,回她:*恭喜啊,没谈上就先失恋了。*

汪露曦撇了撇嘴:*我现在很想发泄一下。*

朋友：那就把他家的猫丢出去。

汪露曦发了一个问号过去。

汪露曦：什么嘛，跟他没关系，是我自己，失恋了一般做点儿什么啊？

朋友想了想：没试过，喝酒？

汪露曦现在吃饱了，也不想喝酒。

她先把自己的微信头像换成了纯黑色的图，以表示难过，然后戴上耳机，打开了音乐APP，选择每日推荐的歌单播放。

可几首歌过去，天都快亮了，她明明在北京环球影城玩了一天，此刻却没有丝毫困意。怪不得大家失恋了都会变得萎靡不振，原来不是谣传。

汪露曦想起袁北评价她的那句"爱笑"。

她努力在黑暗里提了提嘴角，片刻后又耷拉下来，想一想也知道，此刻的强颜欢笑大概比哭还难看。

她仔细回想和袁北认识的这些日子，其实除了没能跟他在一起，也没什么其他的遗憾了。她想吃的东西吃过了，想逛的景点也都去过了，袁北完美地完成了她的愿望，真正带她领略了北京的地方特色。

如果一定要说她未完成的心愿……她还没有看到袁北说的那个机械图案。

以后可能也没有机会了。

她摘下耳机，吸了吸鼻子，把脸埋进枕头里。

Chapter 07
暴风雨

袁北也没有睡好。

夜里他在房间里听到动静，叮叮咣咣的，还以为是汪露曦要出门，猛地惊醒，起身，打开房门，客厅里只有两只猫在猫爬架上爬上爬下。

客房安安静静的。

袁北又回了自己的房间。

直到上午九点多，袁北被猫挠门的声音吵醒，才想起来昨晚忘记放猫粮了。

他到客厅，打开柜子，倒猫粮，开猫罐头，顺便铲猫砂，忙碌过后看向客房的方向，汪露曦应该还没醒。

他在客厅里坐了一会儿，阳光却透不进来。

今天是阴天。

他把凌晨用过的碗洗了，把厨房收拾干净了，又顺便把衣服扔进洗衣机，按下按键。

一番忙碌过后，他又等了一阵，已经十二点多，客房还没动静。

袁北打开微信，发现自己的置顶多了一个黑乎乎的头像，就是纯黑色，什么其他的都没有，"汪汪汪汪师傅"的昵称倒是没改，在头像后边显得很突兀。他被这番操作惹得笑了一声，顺手打开了汪露曦的朋友圈。

他脸上的笑意就这么敛去了——

他看到汪露曦的朋友圈封面也换了，现在是一张照片，上面是女孩子的手腕，又白又细，因此彩色的图案在皮肤上格外显眼，那是一个简笔画笑脸，用的是今夏流行的多巴胺配色，在贴近脉搏的位置。

袁北一眼认出来，这就是汪露曦的手臂。因为他认得她的手环表带。

他再次望向客房的方向，终于觉察出不对劲了。

他大步走过去，敲门，没人应。

他想强行进入，却发现门根本没锁，一推就开了。

房间里干干净净的，人没了。

猫贴着袁北的腿溜达进去，扫视了一圈，然后坐在榻榻米上，盘起尾巴，在空旷的房间里和袁北大眼瞪小眼。

汪露曦知道袁北迟早要用电话轰炸她的。

她做好准备了，只是没想到这么快。

袁北打给她第一个电话的时候，她还在商场里。

外面下雨了。这是她来到北京后第一次碰到这么大的雨，天空好像被撕开了一个口子，雨水是被泼下来的。

天幕阴沉，云层厚重。

她站在商场门口，周围聚集了许多等雨停的人。

袁北还在继续给她打电话，一遍又一遍，锲而不舍。

汪露曦刚刚淋了一点儿雨,这会儿被空调吹得有点儿发冷。她看着手机屏幕上不断跳动的来电显示,慢慢开始觉得心慌。她可从来没做过不告而别的事,这是第一次,有点儿刺激,还有种莫名的愧疚感。

袁北很快发消息过来:你别逼我报警找你。

吓唬谁呢?

紧接着第二条:我从来没跟你发过火,汪露曦。

汪露曦抿了抿嘴唇。她好像可以脑补出此刻袁北面对她说这话时的语气,还有叫她名字时一字一顿的样子。

怎么说呢……她竟然还隐隐有些期待,心中又震惊了一下,不知道一向好脾气的袁北发起火来是什么样子。

袁北发来第三条:我在开车,不安全,接电话。

汪露曦纠结了一会儿,还是按下了他再次打来电话的接听键,慢慢地将手机靠近耳边。

他没有想象中的暴怒。

袁北的声音很低,但很稳:"在哪儿?"

"三里屯。"

"三里屯的哪儿?"

"太古里。"她打了个哆嗦,"我在商场。"

"等着。"

她急忙喊住袁北:"我去旁边的咖啡厅里面等你行不行?我要去买杯热饮!"

没有得到回答。电话被袁北挂断了。

汪露曦只能站在原地继续等,她不知道这附近哪里好停车,也不知道袁北会从哪个方向来。她身后就是一个三层的服装百货旗舰店，她进去买了一把雨伞。

袁北打来的电话再次响起的时候，雨稍微小了，汪露曦在电话里告诉袁北："你告诉我你现在的位置，不要进停车场了，我去找你。"

袁北忍住想要骂人的冲动，给汪露曦发了定位，不过一分钟，就瞧见不远处的斑马线上，一顶浅蓝色的雨伞挤在过路的行人里，伞下人的脚步轻巧、飞快。

打着伞的小姑娘今天编了两条麻花辫，发尾在她肩头一晃一晃的，手里还抱了一束花。

汪露曦收了雨伞，像鱼一样钻进袁北的车里，不由得打了个哆嗦。

她还未来得及抖去肩上的水，就听见咔嗒一声，是车门落锁声，带着关锁的人一股生气的感觉。她看向袁北，他的脸色比外面的天气还阴沉。

他好像也没有等她解释什么的耐心，夺过她手里的花往后座一丢，手掌牢牢地握住了她的左手手腕，一拽。

汪露曦被拽得一个趔趄："疼啊！你干吗？"

袁北看着她手腕上的图案，只觉得太阳穴都在狂跳。

片刻后，他猛地甩开她的手："汪露曦，我还真是一点儿都没看错你。"

"什么意思？"你是怎么看我的？

"冲动，做事不计后果。"袁北的语气开始变冷，"你就对自己这么不负责？你才多大？"

汪露曦撇了撇嘴："你不也有！不也是几年前的了？"

"能一样吗？你这是为了什么？你告诉我，为了什么？"

汪露曦不说话了。

她用指腹使劲搓着手腕内侧图案那一块皮肤，扭头，望向窗外。

袁北听见了一声啜泣，很低。

"我没有不负责任，"汪露曦的声音带着哭腔，"我就是想……留点儿纪念。"

袁北强忍着砸方向盘的冲动，深深地吸气。

"这个是贴的……"汪露曦的眼泪彻底止不住了，"我进了一家店，店里卖贴纸，可以贴在皮肤上，我就买了……"

她用手背抹去眼泪，然后抬手，把手腕递到袁北眼前。

果然，那个笑脸的一只眼睛被搓掉了。

袁北盯着她被搓得泛红的手腕，眉头皱紧了，一言不发。

"袁北，我就是想留个纪念而已……虽然它也就能保持几天，但至少是个纪念。"汪露曦越说越觉得委屈，眼泪一颗颗地砸下来，"我年纪小，是，但你说我冲动、鲁莽，我不服，我不会冲动地去真正留下什么图案，也不会冲动地喜欢一个人。这不叫冲动。"

车窗外的雨点好像又大了些，行人和车交织着。

汪露曦一直低着头。

过了很久，她听到旁边的袁北好像叹了一口气。

"对不起！"他说，"我不该那么说你，但你这又断联又玩失踪，我……"

"我不会断联的，也不会失踪。"汪露曦说，"就算以后你不在北京了，我也不会在微信上拉黑你的，我们还能当朋友，对吧？"

袁北沉默了很久，才说："对。"

汪露曦再次抹了抹眼睛，探身到后座把那束花拿了过来，那是用金色纹理纸包裹的小小的太阳花,像是荷包蛋一样,开得圆润可爱:"送你的,袁北。"

袁北看着那束花,又看向汪露曦。

"我在网上看到说,从来都是男生送女生花,男生这辈子收到花的机会很少,大概率,只能在他的墓碑前。"汪露曦把那束花往袁北的怀里一塞,"我送你,以后你要记得我。"

哗——

车窗外,雨势陡然增大了。车子好像被浓重的雨幕包裹住,密不透风,豆大的雨滴砸向玻璃,天地都好像变了色。

"好大的雨啊……"汪露曦再次扭头看向窗外。

袁北仍旧沉默着。车里有淡淡的花香,被潮湿的水汽托起。

过了一会儿,他将花束搁回后座,发动车子。

"去哪儿啊?"汪露曦问。

"学校。"袁北说。

"下着雨呢。"

"那也去。"

"不能换一天吗?"

"就今天。"

袁北从没有这样执着地想要去一个地方,宁可冒着暴雨预警也要去。

汪露曦也感觉到了,所以她闭嘴了。

道路上车很多,雨刷器不停地刷着,隔着雨水,前面汽车的尾灯也变得模糊了。汪露曦望着雨出神。

袁北语气低沉地说:"你那是什么审美,那个笑脸够丑的。"

"丑吗？简笔画嘛，还好吧。"汪露曦抬起手，看了看。

"你是把它当成你了？"

"我笑起来哪有这么傻，这才不是我。"

红绿灯前，车子停下。

汪露曦举起了自己的另外一只手："这个才是我。"

袁北看过来，只见她另一只手的细白手腕上，贴着相似的图案，也是彩色的，很显眼，只是笑脸变成了哭脸，嘴角下耷着。

汪露曦看着袁北的眼睛："袁北，这个才是现在的我。"

车内气压很低，好像有一台巨大的真空机在缓缓地抽走周遭的空气，连绵不绝的雨滴形成的白噪音，成了车内的人焦灼感的来源。

袁北觉得心里不舒服，是生理性的不舒服。他转过头，把汪露曦的脸和她手腕上的那个图案都驱逐出视线，手指一下一下地敲着方向盘，心里像有一处被烧了一下，咻咻地冒着白烟。

偏偏汪露曦不肯放过他。

雨太大了，声音嘈杂得厉害。

"袁北，雨越下越大了，"汪露曦缩了缩胳膊，语气也变得更加小心翼翼，"我能不能问一问，你这么急着要带我去学校干什么啊？"

就这天气，去学校里逛，不合适吧？

袁北没回答，他怕自己一开口就暴露出气恼和不耐烦。他几乎瞥见了汪露曦大腿上的鸡皮疙瘩，便抬手把空调关了。

"我后悔了行不行，我不想逛了。"汪露曦开启胡搅蛮缠模式，"下这么大的雨，我们现在去能逛什么啊？而且我也不想和你一起了，你已经把我脑海里的北海公园毁了，拜托你善良一点儿，给我留些净土吧！"

袁北沉默着,脸色变得越来越差。

"你该不会是想用这种方式补偿我吧?"汪露曦继续搓着手腕上的图案,"我不需要!我说的那些谈恋爱的场景,以后会有人帮我实现的,不需要你代劳。我不想以后和我男朋友在宿舍楼下亲吻的时候,脑子里想的是你的脸!"

又是一个红绿灯。

雨大得视线都受阻,袁北这一脚刹车踩得急,汪露曦整个人都往前悠了一下。导航地图上的红色线条密布,事故提醒也不少,倾盆大雨之下,到处都不太安定。

袁北声音冷冷地说:"你别再跟我说话了!"

"你今天脾气好大。"汪露曦接了这么一句,然后安静了。

他们的行车路线变换了好几次。

最终车沿着北三环,往海淀区的方向驶去。

一路都再无人出声。

北京的每片区域似乎都有自己独特的气质,至于海淀这片,袁北在这儿上大学时就对它没什么很深的印象,如果一定要形容,那就是"忙"。

那时候"内卷①"这个词还没流行起来,但不必刻意形容,生活在这里的人就都懂。海淀人,海淀魂,在海淀有数不清的格子间和共享办公空间,新闻上只会报道从中关村走出了多少科技企业,却不会报道这里沉了多少人的创业梦,能在战场上挺到最后的企业百里挑一。

---

① 网络用语,指非理性内部竞争,或是"被自愿"竞争。

至于教育更不必说,"鸡娃①"一词就是从这里传出来的。

五道口附近大学密布,除了清华大学和北京大学,还有北京航空航天大学、北京科技大学、北京语言大学、中国矿业大学……高校扎堆。这里有"宇宙中心"的外号究竟是因为 U-center 广场的名字,还是因为这里如宇宙星系一样不停盘旋的大学生,袁北也不知道。反正它被叫"宇宙中心"这么多年了。

路上一顶顶雨伞拥挤着前行,伞下的人都行色匆匆,特别是在那个巨大的十字路口,人、汽车、公交车、共享单车,还有电动车,汪露曦光是看着这些都有些眼晕,明明现在还是暑假,这片区域却依然繁忙。人仿佛只要跻身其中,不必被谁催促,就会受氛围感染,成为星系的一环,不自觉地将脚步加快。

袁北问汪露曦:"去学校拍照吗?"

"不拍。"汪露曦很笃定地道,"我没相纸了,不拍。"

反正以后有的是机会。

"那你想去哪儿?"

"是你带我来的!为什么问我?"

"饿不饿?"

"饿。"汪露曦看了看时间,都下午了,她今天从早上到现在一口东西都没吃呢。

"吃什么?"

"想吃火锅,辣的。"她是故意的。

袁北没说话,拿手机查周围的店铺,汪露曦提醒:"你带我去你

---

① 网络用语,指家长为了让孩子出人头地而不停地给孩子安排学习和活动。

上学的时候常去的店就好了啊。"

"早没影了。"袁北说。

这里的餐饮更新换代更快,他那时和室友常在半夜寻找吃夜宵的地儿,都换了不知多少个老板,虽然店名还是以前的名字,但早不是那个味道了。

"那有没有这些年一直开着的店?你以前吃过的?"汪露曦问。

"枣糕算吗?"袁北说。

"什么东西?"

枣糕,五道口枣糕王可是大名鼎鼎的。

谁要是在五道口附近上大学却没在五道口枣糕王排过队,那么他的大学生活就是不完整的。

但五道口枣糕王其实就是一个小小的档口店,这么多年以来生意一直很好。不论什么时候去,门口永远有人排队。

今天因为下雨和正值暑假,反而状况稍好,没有那么长的队伍。

袁北去买了些。

纸袋装着枣糕。他把它递给汪露曦。

枣糕还热乎着,散发出很浓的红枣香。汪露曦尝了一下,还行,又掰下一块,下意识地往袁北嘴边送,手都举起一半,又放下了。

"这东西值得排那么久的队吗?"她问。

"不知道,"袁北说,"这世界上没理由的事多了。"

汪露曦好恨这种故作老成又有点儿装的语气,很想捶他几拳。

附近的商场里面有火锅店。

汪露曦跟在袁北身后,执拗地和他保持两步的距离。到了火锅店,他们面对面坐下,扫码点菜,汪露曦在全红锅的选项那里犹豫了很久,最终还是放弃,觉得这样出气的方式未免太过幼稚。

服务生上菜时,顺便端来一碟水果,西瓜片还被切了一个小口,看着就是心形,除此以外,还有一枝红玫瑰,桌桌都有,为了凑七夕的热闹。

汪露曦低头看手机,时不时地抬眼,仓促地观察袁北的脸色,发现他一直盯着她看。

"看我干什么?我又不知道今天是七夕。"她搅着蘸料,"我给你买那束花的理由很纯粹,你别想多了。"

"没想多,"袁北说,"吃饭。"

汪露曦吃饭吃得挺不舒服。

因为袁北依旧不跟她聊天,不讲话。

红油锅咕嘟咕嘟地冒着热气,汪露曦践行不浪费的优良传统,尽量把肉都吃光,至于蔬菜,她都把它们扔进了袁北的菌汤锅里。

袁北倒也不拒绝,照单全收。

汪露曦吃饱了,开始有些困了,打了一个大大的哈欠,被袁北看见了,于是又闭紧嘴巴。

"一会儿去哪儿?"袁北问。

"都行。"汪露曦回答。

晚餐时分,火锅店的客人越来越多。汪露曦和袁北的桌子靠窗,这时他们已经看不清外面的街景了,因为店内的灯光太亮,只能看见窗玻璃上映出的人影来来去去。

汪露曦突然问袁北:"找个喝东西的地方?"

她以为袁北会拒绝,毕竟之前几次她要喝酒的提议都被他拒绝过,好像他在心里还是把她当小孩儿看。但,出乎意料,今天没有。

袁北拎着她的包起身:"走吧。"

"真去啊?"汪露曦赶紧跟上。

"你今天不去,以后也会去,你能老实?"袁北按下商场的直梯按键,等她,"带你探一探路。"

汪露曦很快就知道这个所谓的"探路"是什么意思了。

大学聚集的地方,从来都不缺夜生活,袁北带她去了一家很安静的小酒馆,精酿啤酒是这里的招牌。汪露曦进门时还在打量,袁北已经和吧台处的老板打起招呼。

汪露曦自顾自地找了一个小桌旁的位子坐下,问走过来的袁北:"你跟他认识吗?"

"大学室友。"袁北说。

汪露曦脸上的惊讶藏不住:"好厉害啊⋯⋯"

他能在北京,还是在竞争这么激烈的区域开一家像模像样的店,不论是什么店,在汪露曦的眼里都是很厉害的。况且他们这一届也才毕业两年而已嘛。

"是,他很厉害。"

袁北讲起这位大学室友的经历,对方在大一、大二当其他同学还在像雏鸟出笼刚获得自由而大把大把地花钱的时候,就已经开始赚钱了。

那时夜市的小摊还在,那个室友就租了一辆小面包车,把后备厢的门打开,挂上小条幅和小彩灯,现场调酒和饮料。别说,客人还真不少,因为他健谈,和谁都能聊上几句,而且人好心善,会给环卫工人和保安大叔准备冰水。

这种小摊没有座位，成本低，后来慢慢地变成了一个档口，再后来，变成了一家小酒馆，有了店面。

毕业时，他决定全职开店，包括袁北在内的几个关系好的朋友，每人都入了一点儿股。

汪露曦没点东西，是袁北替她点的。

每杯酒被端上来时还附带一张小卡片，上面写着名字和度数，还有一首很文艺的小诗，大概是这杯酒名字的来源。汪露曦面前这杯的名字简单，叫"苹果薄荷"。她喝了一口，味道有点儿像青苹果味的碳酸饮料。

"这么说这家店你也有份？"

"一点点。"袁北说。

更多的是大学时代同学交情的证明。

"我这杯特别好喝，一点儿酒精的味道都没有。"

店里灯光很温馨，是暖黄色，暖意盈盈。汪露曦夸赞了一句，转头却看见灯影之下，袁北看着旁边似笑非笑，顿时明白过来，拿来这杯附的小卡片一看，酒精度数为0。

汪露曦："……"

"我答应带你找个喝东西的地方，谁说带你喝酒了。"袁北喝了一口自己的那杯。

汪露曦不服气，把他的那杯夺过来抿了一口，更过分，就是柠檬水。

"我还要开车。"袁北说。

店里除了吧台和小桌椅，还搭了一个小小的舞台，顺着舞台走到拐角，里面也有一个空间，简直别有洞天。

汪露曦发现这家店虽然门头小，但是里面的面积还挺大。拐角里面空间的白墙上安了投影仪，前面坐了些客人，都坐着小马扎，端着各自的酒杯。

投影上放映的不是电影或球赛，汪露曦凝神看了一会儿，好家伙，是PPT，内容是中国现代史。

"啊？"她惊讶得出了声。

袁北乐了："坐着，听会儿。"

直到后来，"学术酒吧"的概念在网上大火，汪露曦才知道，原来有很多城市的大学附近都有这样的小酒馆，每天有不一样的嘉宾来分享内容，这些嘉宾大多是附近学校的同学，分享的内容五花八门，从微积分到世界史，从文学鉴赏到PS入门……像开讲座一样，所谓互帮互助，"微醺学法"。

"以后你和同学出来玩，想喝点儿，可以来这儿。"袁北说。

汪露曦盯着PPT，轻轻嗤笑一声："干吗？我的学业就不劳您费心了吧。"

"不是，"变幻的光线落入袁北的眼睛，"有熟人在，怎么也安全点儿。"

"原来在你眼里我就是傻乎乎的酒鬼。"

"酒鬼你不够格，前面那个形容词倒挺准确。"袁北抿着笑喝水，被汪露曦一推，饮料差点儿洒出去。

几乎是同一时间，外面的小舞台也有了动静。

那是一个很好听的女声，用麦克风和大家打招呼。

汪露曦拽着袁北去看热闹，发现舞台上有一个小乐队，主唱是一个女孩子，长发，卷着泡面卷，是很"野"的打扮，声音却很柔，就好像校园剧里的温柔学姐。

"她是学姐,"袁北说,"咱们学校的,常来这儿演出。"

汪露曦悄悄地用手机查了这支乐队的名字,发现乐队刚成立不久,但作品很多。

"好厉害啊……"她再次发出感慨。

这一晚见到的、听到的,都在不断刷新汪露曦的认知。

她的惊喜不在于见识到了大学生活的精彩,而是,她原本以为大学毕业后,大家的出路无非是继续升学和进入职场,至少这两种居多,但这一晚,她发现,其实人生很广阔,不是只有这两条路可以选,大家都在为了生活奔波,奔波的同时也追求那么一点点理想。

人不一定要跟着前人的路走,也不一定要有特别漂亮的成绩,才算拥有很漂亮的人生。

自由——

汪露曦来到北京后第一次深刻地认识到这个词。自由不是别人给的,自由是靠勇气、执念,还有努力,然后才能得到的。

台上的女主唱开始唱了,结果第一首就出人意料,和她的嗓音有点儿违和感,但气氛很燃。

汪露曦看到里面"上中国现代史课"的同学探出头来瞄了几眼,然后关上了门。

互不打扰。

听歌时的汪露曦很开心,她的烦恼似乎被现场并不高级的音箱的杂音打散了。

歌曲间隙还有一些小游戏。

她玩嗨了,自然要拉着袁北一起。

她能瞧得出袁北的兴致不高,但她更知道,袁北不会拒绝她。

他不会拒绝她的任何一个要求。

他们从小酒馆出来时,已经快要凌晨一点。

人刚从封闭的空间转到室外,会有一种丢失时间、恍如隔世的错觉。街上的行人还是不少,有外卖小哥匆匆而过,空气里仍残留着雨后的水汽,但汪露曦冷不防地抬头,竟然看到了星星。

天晴了。

新的一天应该是个好天气。

她高高地昂着头看天,手腕被袁北往后拽了一下,一辆电动车就这么贴着她的身体飞快地过去了。

"看路,别望天。"他说。

汪露曦不管不顾:"袁北,我们看日出去吧。"

袁北觉得她简直玩疯了。

他一言难尽地看着她:"我为什么永远听不见你喊累?"

"不累啊。"汪露曦实话实说,"在北京哪里能看到日出啊?"

看日出,亏她想得出来。

袁北又回到酒馆,拿了一罐运动饮料。

Chapter 08

无数个春夏秋冬

在要去看日出的地儿的路上,汪露曦睡着了,睡前还不忘在车上连一下自己的手机歌单,她刚刚收藏了那个乐队的所有歌曲,等把它们轮播完一遍,就是随机歌单了。

袁北听出有几首是北欧歌手的歌。

大数据是个坏东西,它让人变透明,让人最近的所思所想都被苍白地摊开,让人毫无秘密可言。

袁北用余光瞥了一下汪露曦的侧脸,发现她睡得熟,有头发丝粘在脸上,压出了印,睫毛微微颤抖着。

袁北没有喊醒她。

她是自然醒的。

"到哪儿了?"

汪露曦醒来先打了一个大大的哈欠,搓了搓脸,不用看也知道此刻脸上尽是油光,但她今天不想顾及形象了:"我还没考驾照,不然可以替你开,嘿嘿。"

傻乐什么呢?

袁北这样想着,可脸上也难以自控地浮上了一点儿笑意。

情绪会传染,他和汪露曦在一块儿,总是她传染他。

"我们去哪儿呀?"汪露曦问。

"鬼笑石。"袁北说。

要是路远,他今天真的就未必有体力长途跋涉。可巧就巧在天时地利,鬼笑石在北京西山国家森林公园,路程挺近的,他大学时有一次和室友喝醉,大半夜骑车来过。

这大概是北京近郊爬山看日出最好的地方。

汪露曦补了一觉,现在特别精神。等到了停车场,她发现已经有不少车和游客了,有人还带了帐篷。

她上网查了查,爬到鬼笑石大概要一个半小时的时间,慢慢走,难度不大。不过此时天还没亮,要注意安全。

"袁北,你不要和我讲话,我要保持状态。"她打开手机上的手电筒。

上山的路上尽是人,大家都朝着鬼笑石进发,路上还有人聊天、唱歌。

汪露曦不让袁北讲话,自己却和一位同行的老爷爷攀谈,突然看到眼前树枝之间的蜘蛛网,匆忙一避,刚好脚踩到湿泥,一下子跪下了。

"还没过年呢。"袁北把她扶起来,"还能走吗?"

"能!"汪露曦拿湿纸巾擦了擦膝盖,不让袁北用手电筒查看,"没关系!快走,快走,不然就错过了。"

天气预报显示,今天五点半日出。

他们于四点左右到达鬼笑石。

此时天际有明显的泛红了,已经有很多人在等候,有人支起帐篷，有人铺着野餐布围坐。

汪露曦从包里拿出一个笔记本，撕下了几张纸垫着，和袁北席地而坐。

"你要不要先睡一下呀？"她特别仗义地拍了拍自己的肩膀，"借你，革命友谊，别客气。"

袁北笑了："好。"

他却没有真的枕她的肩，而是低头，额头抵在双膝上，就这么凑合着休息。

汪露曦感到有些愧疚。

她伸手，用指尖碰了碰袁北后脑勺的发梢，然后快速收了回来。

天边的金红色越来越明显。

雨过天晴之后的日出，好像格外有纪念意义。

这也是汪露曦第一次真正意义上的看日出，她摸不准时间，不确定什么时候该起身，什么时候该拍照。

她是跟着旁边的人一起站起来的。

袁北也醒来了。

他拉着她的手腕，尽量往前站在一个更好的视角，不要像上次在景山公园看故宫那样有遗憾。

汪露曦眼见天尽头有夺目的光彩渐渐显现。

一轮火红的太阳就这么缓缓地升起来了，照耀着整个北京城。

另一个方向，有 CBD 的中国尊高耸着，就在视野中央。

今天真是好天气。

云彩都被染上绚丽的颜色，那样刺眼，令人眼眶滚烫。有人在呼喊，有人在拍照，有人还带了小小的国旗，挥舞着。

汪露曦也好想哭。

她伸手去包里摸拍立得，却恍惚想起自己忘记更换相纸。

是天意吗？

可能吧。

汪露曦耸了耸肩，这样她倒是可以安安静静地享受一场完整的日出，不错过任何一秒，也不必透过相机镜头去观赏。

好像任何情况她都可以接受，能够自洽。

汪露曦想，在之后的人生里，她都不会忘记这场日出，这是她十八岁时看到的日出，是她人生中的第一场自由又浪漫的日出。

当她以后遇到黑夜和沟坎之时，都不会忘记今天是如何一步步爬到山顶的。

还有——

还有她不会忘了今天陪她一起爬山的人。

汪露曦转头，看见袁北安静地站在她身边。

旭日照万方，璀璨的晨光尽数披在他的肩膀上。

"袁北。"她叫他的名字。

"嗯。"

"我不怨你了。"汪露曦深深地呼吸，"我承认，你拒绝了我，我除了难过，还有点儿埋怨你，因为你笨，你不知道自己错过了什么。"

袁北笑了笑："这么夸自己。"

"事实嘛。"汪露曦对着太阳伸了个懒腰，"不过我心里也平衡了，至少我知道你是真的喜欢我，而且我们留下了很多瞬间。以后再碰到类似的时刻，不论是下雨、刮风、日出还是日落，你都会想起我。"

袁北没有说话。

"还有，谢谢你！"

"谢什么？"

"谢谢你让我知道，原来喜欢一个人是这种感觉。"汪露曦眼底有光在闪，但她忍住了，"不要再这么丧里丧气的了，袁北。虽然我没有资格妄谈人生，但，生活确实有挺多值得的瞬间，对吗？"

"你哪天离开？"她又问。

袁北停顿了一下，说："二十九号。"

哦。

那就剩不到一个星期了。

"我就不去送你了，"汪露曦用力闭了闭眼睛，再次睁开，眼神清亮，"祝你一切顺利！祝我们都开启新生活！"

"我们还是朋友，对吧？"

她觉得胸腔充盈着清早冰凉、清澈、干净的空气，耳边的蝉鸣声越来越汹涌，甚至盖住了袁北的回答。

汪露曦没有听到他的回答。

"走吧，下山！"她的手一挥。

下山路要比上山路好走多了。

但汪露曦因为刚刚摔了那一跤，每次膝盖弯曲，都会疼得皱眉。袁北注意到了，于是站到了她面前低两个台阶的位子上："上来。"

汪露曦有点儿尴尬："你背得动我？"

袁北倒是真诚实："够呛，走一走，歇一歇吧。"

汪露曦："……"

两个人就这么走走停停，袁北时不时把汪露曦放下来休息一会儿。

汪露曦后来一直思考，自己到底是什么时候转过弯来，什么时候想通的？

大概就是这二十四小时内。

其实有很多个瞬间——

比如，在吃火锅的时候，袁北隔着雾气看她的眼神。

比如，在火锅店临走时，他小心翼翼地带走了那枝被她忘记的玫瑰花。

比如，晚上在小酒馆玩小游戏的时候，他们作为搭档要牵手，袁北与她十指紧扣，力道像是要把她揉进自己的掌心里。那是他们唯一一次牵手。

再比如，刚刚在日出时，袁北虽然没有说话，但她看见了，看见了当她说那一番"总结陈词"时，他也红了的眼圈。

哦，还有。

还有现在，她趴在袁北的背上，目光落在他的耳侧和脖颈儿，那里有汗珠滑下来，他背着她，走完了下山的路。

汪露曦忽然觉得，一切也没那么糟糕。

她所求的，她一直劝说袁北要珍惜的，不就是过程中的浪漫、不经意的瞬间吗？

如此说来，求仁得仁，又有什么好抱怨的？

一切都很完满，到此为止，一切都很好。

这就够了。

汪露曦心里有一个想法在闪烁，她知道自己接下来要做的可能有点儿出格，但既然已经到了最后时刻，所谓的规则就理所应当地可以变得宽松一些。

上天会原谅她的小任性吧。

她借着自己困倦的由头，轻轻地低下了头，下巴抵在了袁北的颈窝。

然后她轻轻地将嘴唇贴在了袁北的侧颈之上。

是温热的，还有些汗湿。

她只亲了一下，在感觉到袁北僵了一瞬的同时，迅速挪开了。

够了。

完美的结局。

汪露曦在心里给自己的初恋打板杀青。

到了停车场，她钻进车里，空调的冷风扑在脸上，让又红又烫的脸颊得以迅速降温。

汪露曦重新给车上的音响连上了手机歌单，对袁北说："哦，对，有首歌我昨天想放给你听来着，故意气一气你，当时忘了。"

袁北启动车："什么？"

"算了，算了，我还是忍着吧，不播了。"汪露曦觉得不大好。

袁北看了她一眼，眼神内容很明朗，他不信她能憋得住。

车子过了一个路口。

果然。

汪露曦开始操作歌单。

"说好，不许生气啊，我只放一遍。"她咬着指甲，有些犹豫，"我说了不怨你，但你总要让我泄一泄愤嘛！"

在汪露曦的大笑声里，袁北听见了这首歌——

周杰伦的《算什么男人》。

袁北："……"

汪露曦笑着说："说好不生气，你这是什么表情！"

袁北："……"

汪露曦的笑声溢满了这一天的清晨。

又或许，是溢满了一整个八月。

这一场日出过后，袁北就没有再联系汪露曦。

两个人似乎达成了某种心照不宣的默契，同样，他也没有收到来自汪露曦的任何消息。

汪露曦的朋友圈倒是照常更新，上一条是她今天早上发的，定位在鼓楼大街的一家包子店，配文：黄芥末酱加上蒜泥和醋，完全不黑暗，好好吃啊！

袁北皱着眉把那张照片放大，细细观察，桌上有一盘包子、一碗炒肝儿、一碟蘸料。

一个人的分量。

他再点开和汪露曦的对话框，发了一会儿呆。

若说两个人之间完全没有交集，其实也不尽然。

袁北这会儿就收到了三个快递包裹，两小一大。两个小的纸箱里是猫罐头、猫条、带粉红色蝴蝶结的陶瓷小猫碗，两只猫各一份。大的纸箱里是一个自动喂食机。

袁北心知肚明这是谁的手笔，给汪露曦打过去一个电话。

"把猫咪送给朋友照顾，也要备齐东西，'带资进组'，待遇总不会太差。"汪露曦这么说，"这段时间麻烦你啦，想来想去应该要感谢你，但又不知道送什么好，所以——"

袁北不爱听她这些没用的客套，直截了当地问道："你在哪儿？"

他听到电话那边特吵。

"我在剧本杀馆,先不说啦。"

电话被挂断了。

袁北坐在沙发上发愣。他从下午坐到了天黑。

离开北京前,袁北还有很多事情要做。

出行前的倒数第三天,发小攒了局给袁北送行。

浩浩荡荡的一伙人约在饭店包间相聚,饭局的主人公看上去情绪低落。

发小揽着袁北的肩膀:"当初又申请学校又辞职,不是挺坚定的吗?好像我们这群人就不值得您驻足似的。现在这是怎么了?临近要走,舍不得了?您早干什么去了?"

"走开。"袁北没好气。

"我觉得袁北未必是舍不得在座的各位吧。"另一个朋友开玩笑,"前几天我媳妇带孩子去北京环球影城,说是看见袁北了,和一个姑娘在一块儿,还以为是看错了,问我来着。"

姑娘!

饭桌上一下子像炸开了锅。

不但有传言,还有照片为证,那朋友翻出和媳妇的聊天记录里的照片,就是路人视角,有点儿模糊。

照片里,那两个人站在礼品商店的货架前,袁北微微俯身低头,任由汪露曦踮脚往他头上试戴 TIM 熊的发箍,她自己则戴了一顶驯龙高手无牙仔的帽子,从背影看,无牙仔的耳朵支棱着,显得奇奇怪怪的。

袁北回忆起那时两个人的交谈。汪露曦说那个帽子太厚,戴着太热了,况且她还披散着头发,快要中暑了。最后是他擎着小风扇,给她吹了半小时的凉风。

"真是啊!"

照片被朋友们依次传阅。

"袁北,你谈恋爱啦?"

"没有。"他说。

"那这是?"

袁北:"……"

他特别刻意地找了一个话题,把这话茬儿掀了过去。

酒过三巡,几个朋友勾肩搭背之时,有人跟袁北说:"你要是真舍不得北京,就过完两年后麻溜地回来,别在外面瞎晃。"

舍不得吗?

袁北喝完了杯子里的酒,脑袋昏昏沉沉的,好不容易得出答案——

是的。他舍不得北京。

出行前的倒数第二天,袁北把两只猫的所有行李都打包好,送到发小家。

发小有两个孩子,老二是女孩儿,还很小,老大是男孩儿。老大正是调皮的年纪,得知家里要有新成员了,兴奋得满屋转圈狂奔,一会儿闹着要摸一摸小猫,一会儿又要给猫拿冰激凌吃。

"它吃不了冰激凌。"袁北苦笑着道。

"那它们叫什么名字?"

"没有名字。"袁北捏了捏小男孩儿的脸蛋儿,"你给它们起名字吧。"

发小佯装生气地和儿子说:"昨晚爸爸、妈妈怎么告诉你的?今天你要和袁北叔叔说什么?"

小男孩儿原地立正,敬了个礼:"袁北叔叔放心,我会好好照顾小猫的,等你回来,我会把小猫还给你,那个时候它们就会变成大猫了!"

袁北笑了,蹲下来:"好,到那时候,你也变成大人了。"

出行的前一天,袁北把所有东西都准备妥当。

车也被他交给发小了,完全空闲的一天,袁北在空荡荡的家里待不住,就出去坐公交车晃悠,瞎转圈,没有目的地,晃到哪儿算哪儿。

他乘57路公交车,由东到西。

西城区就是更安静、更有烟火气一些,然后他随着车到丰台区。

公交车行至六里桥时,上来一群大爷和大妈。袁北起身把座位让出来,正好听见一位奶奶和旁边的人闲聊,说附近市场的西红柿鸡蛋馅饺子好吃,味道清爽,而且是现包的,她用塑料盒装好了,回家自己煮,特别方便。

袁北听到后,忽然想起这也是自己小时候常吃的饺子。

做西红柿鸡蛋馅饺子挺考验手艺的,这馅料容易下汤,一旦调好了就得马上用饺子皮把它包起来,不然时间一长就捏不成形。

他好像有挺多年没吃了。

他厚着脸皮问了一下市场在哪儿,然后在下一站下车,步行过去,买了一盒,拎在手里。

从闹哄哄的市场里走出来的时候,袁北在市场门口停了停,抬手遮挡阳光,恍惚了一瞬间,觉得自己八成是魔怔了。

他好像被汪露曦传染了。

这一天,他坐公交车闲逛像是汪露曦的行为,厚着脸皮和人打听事的行为也像汪露曦会做的。最要命的是,他刚刚买饺子时,汪露曦的脸就一直在他的脑海里晃悠,她似乎还在他身边,缠着他,拽着他的胳膊来回摇。

她好像在说:"袁北,袁北,你说两句北京话给我听呗。"

他回答:"说什么?"

"就说,西红柿,"她嘿嘿一笑,嗓音清亮,模仿那四不像的儿化音,"凶儿柿,凶儿柿……"

袁北一下子就不饿了。

他攥紧手里的塑料袋,只觉得五脏六腑都堵得慌。

他猜到自己今天可能精神不大正常,但没想到能疯成这样。

他在原地打车,到天坛公园,在公园里找了一条长椅,坐了整整一下午,目睹黄昏时分的蓝调时刻,再到天彻底黑下去。

晚上的天坛瞧上去和白天是不一样的风景,静谧、深邃。只可惜今天不是周末,祈年殿不开灯,不然他可以瞧见灯光映衬下的蓝瓦圆顶,运气好的话,还有一轮圆月做陪衬。

袁北拿起手机拍了一张。

黑咕隆咚的,什么都没有,像是被黑洞吞噬一切的寂寞宇宙。

袁北从天坛出来后,打车回家,在路上接到了快递员的电话。

快递员告诉他,有一个包裹,挺大的,标注着易碎,要本人签收,问袁北在不在家。

快递员称这是自己今天最后一个要送的包裹,送完就下班了。

袁北明天就飞走，都这会儿了，实在想不起来自己买了什么东西还没到，只能让对方搁在门卫处就行。

网约车到了。

袁北刚上车，就听见司机在打电话，应该是在和孩子通话，手机还开着免提，话筒里传出稚嫩的声音，问："爸爸什么时候回家？"

司机跟袁北对了一下手机尾号，和孩子说："冬天就回去了，你在家听姥姥的话，别总玩手机。我这儿上乘客了。"然后匆匆地将电话挂断。

袁北其实不介意："您接着打吧，没事。"

司机看了袁北一眼，憨厚地笑了笑，示意车内："有录音，平台现在管得严，别说打电话了，我们都不敢和乘客聊天儿，容易被投诉。"

袁北也笑了笑："那要是乘客主动聊呢？"

"那就……那就唠呗！"

两个人就这么聊了起来。

司机大哥一口东北口音，由自己的孩子开始，打开了话匣子，说起自己为什么要把孩子留在家里，一个人在北京开网约车。

"我白天送外卖，还和朋友合伙弄了这么一辆车，他白天用，我晚上用……现在网约车的活儿不好干，攒不到多少好评就不给你派单，只能干着急。"司机大哥说，"没办法，咱文化水平不高，也不会干别的。"

"您爱人呢？在老家陪孩子？"

袁北问了这么一句，然后看见司机大哥挠了挠头，笑了笑："不在了。孩子跟她的姥姥和姥爷在老家。"

戳人伤口，袁北自觉不礼貌，道了歉。

"没事。我第一次来北京是几年前陪媳妇来北京看病,就是去那个北京协和医院。我们当时费了老大的劲排的号,那号排得呀,哎呀……"

似乎没有其他哪里比医院更能见证人间疾苦。

其实在北京的任何一家医院,不论是门诊还是急诊,永远都拥挤不堪,摩肩接踵。医院门前的公交站,从早到晚都不缺少拎着影像资料袋的病人和家属。

但医院也见证了世间最多的真情真意。

司机大哥说:"我在北京反正能比在老家挣得多点儿,我得好好挣钱养孩子,不然以后在天上见了我媳妇,她不得扇我?"

讲完,两个人都笑了。

当袁北说到自己明天就要离开北京,离开从小到大生活的地方时,司机大哥有评论要发表:"挺好,挺好,人这辈子不就活个过程和经历?有的人经历长点儿,有的人经历短点儿,哪有什么漂泊不漂泊,归宿不归宿,大伙儿到头来都是天上见。只要身边有在意的人,哪儿都是家,好好珍惜。"

他们路过北京建外SOHO,上了国贸桥,可以看见北京最漂亮的都市夜景,将流光溢彩尽收眼底。街道两侧的建筑规整,街道上的车川流不息,好像永远都不会停止。

这座城市,有人来,就有人走。

司机大哥哼着歌,把车窗开了一条小小的缝,温热的夜风涌了进来:"北京真好啊。"

袁北点了点头:"嗯,真好。"

真好。

袁北回到家，先从门卫那儿把包裹领了回去。

这个包裹可真大啊。

他没急着拆箱，先去厨房把已经坨得不成样子的西红柿鸡蛋馅饺子煮了，意料之中，都成了片儿汤，已然让人毫无食欲。

他撑着流理台，心里一阵阵发慌，至于发慌的原因，自己也搞不明白。

他觉得自己的心脏好像也被放进水里煮了，破了皮，漏了馅。他今天闲逛了一天，所思所想都无处遁藏。

他实在难以形容自己此刻的感受，只知道之前从未体会过。

他随手点开电影播放，却还是上次汪露曦在这里没看完的《哈利·波特》的大结局。

冰箱里还有汪露曦没吃完的零食和饮料，袁北需要把它们清理出去，然后将冰箱断电。

客房多了一件东西——榻榻米旁的小柜子上，摆了一盏手工拼成的玉龙造型的小夜灯，袁北盯着看了一会儿，突然明白这是谁的杰作。汪露曦和他说过，这是她特别想拥有的，上次去国博扑了空，后来在二手平台才买到，得到它的过程不容易。

但她没有把它带走。

她把它留在了她住过的客房。

袁北找到小夜灯的开关，将它打开，顿时暖光四溢，球形纸雕精致，透出朦胧的图案，他的心脏好像也被一场朦胧的大雾围拢，瞧不清四周方向。

袁北从未想过自己离开家的前一晚竟是这样的光景，他好像一个苟延残喘的逃兵，又好像是前人留下的遗物，破败而饱经沧桑，就那么孤零零地存活于战场之上。

一切都显得又迷幻又颓唐。

他就这么坐在客厅的地毯上,一夜未睡,坐到了天亮。

他也不知道自己究竟想了些什么,有可能其实什么都没想。

他要坐的飞机是下午的航班,现在还有些时间继续收拾。

他起身,洗了个澡,清醒了几分,然后去给随身行李装箱,装了一半,又懊恼地将行李箱踢远了,在原地站定,沉默许久,拿来手机,打开和汪露曦的对话框。

他想编辑"你还住之前那个地方吗"这条信息发送,可还没来得及打字,屏幕画面却跳了一下。

汪露曦先他一步发了一条长语音过来:"袁北,袁北,我看那个快递的物流显示昨晚就签收啦,你这人怎么回事?收到快递了也不说一声?"

袁北的肩膀不自觉地下沉了一点儿,他完全没注意听汪露曦说话的内容,只觉得好像有汹涌的氧气重新自头顶灌入。

心好像被从滚烫的水里捞起来,沥干了。

他又活过来了。

晨起的阳光从落地窗照进来,落在地板上,眼前之景恍如绚丽的油画。

汪露曦的风格是要把一句话拆成几句话说,语速还飞快:"东西有没有碎掉啊?我不知道这东西工期这么久,我让老板加急了,可还是慢……你昨天有拆箱看一看吗?"

莫名其妙地松了一口气的袁北,将目光落向角落的巨大包裹,一边拿剪刀拆快递,一边给她打了一个电话过去。他发现大清早的,汪露曦那边却很吵。

"你这几天都在忙什么?"他问。

"我啊……"汪露曦顿了顿,"也没忙什么,就是没有和你讲话而已,我不知道还能和你讲些什么,也怕不礼貌……"

袁北深深地呼吸。

纸箱里面还是纸箱,包了好几层。

"袁北,这个东西你可能带不走,但你可以把它挂到你的书房里。"汪露曦的声音很轻。

不知是不是错觉,袁北好像还听见了广播的电子机械音。

拆了几层纸箱,还有泡沫纸,袁北要把它们都扯开。

他一边拆一边问:"你现在在哪儿?"

汪露曦没有回答这个问题。

"你的书房里没有你写的字,你说你的字不配被裱起来,但我不这么觉得。你写得多好看啊!"她自顾自地说,"你一定要把它挂起来……我送了猫咪礼物,却不知道送你什么,后来一想,好像没什么东西比这个更合适。"

袁北此刻剥开了最后一层包装,然后把剪刀扔远。

好像冥冥之中他已经有所预感,他坐在客厅地毯上,沉默地望着眼前的这一幅字。

"怎么样,怎么样?怎么不说话啊袁北?裱得好吗?我没看见实物,你觉得怎么样?喜欢吗?"

这是他写给汪露曦的那幅字——*莫愁前路无知己*。

纸张之上,墨色分明。

汪露曦找装裱店把它裱了起来,然后,送还给他。

"我觉得这句话送给你更合适,"汪露曦的声音稍低了些,她沉默了一会儿,再次开口,"袁北,祝你学业顺利,生活顺利,莫愁前路无知己,一切都会越来越好的,你也会遇到能一直陪着你的人……"

话好多。

汪露曦,你的话好多。

袁北忽然觉得昨晚那股焦躁又回来了,劈头盖脸又如风如雨,砸得他气恼万分。特别是听着话筒那边的汪露曦似乎是在一边走路一边说话,声音有点儿喘,再加上周遭的喧闹,令他头皮都发麻。

"汪露曦!"袁北冷冷地开口。

"啊?"

"啊什么?我在问你话!"袁北起身,站在客厅的一片狼藉中,"你现在在哪儿?"

"机场。"汪露曦艰难地开口,"袁北,我在机场。"

汪露曦再也忍不住,忽然捂住了嘴巴,被袁北的语气搞得眼眶发烫。清晨,人来人往的机场大厅里,她站在人潮之中,好像一盏灯塔。

原来"在机场等一艘船"的故事不是假的,她觉得自己就是在等一艘船。

她也不知那艘船会不会来,不知道自己会不会与之擦肩而过。她只是执拗地想来这里等待而已,想要和袁北好好告个别。虽然她一开始说不愿来送机,但不知怎么,还是忍不住。她似乎有种执念,总觉得从哪里开始,就该在哪里结束。

"哪个机场?"袁北的语气好差。

汪露曦听到话筒那边传来窸窣声,还有一声闷响,紧接着便是袁北倒吸一口凉气,哑了一声,估计是他撞到哪里了。

"汪露曦,你别给我装哑巴,说话!"

"我在……首都机场。"

汪露曦又死死地捂着嘴唇,将手机自耳边拿远了些,不能让袁北听到她隐隐约约的哽咽声,不能让她这么多天的坚持功亏一篑,那样一点儿都不酷。

"……"袁北好像叹了一口气,然后就是摔门的声音,"等着。"

"我……你在哪儿?你现在在机场了吗?"汪露曦听着电话里袁北的呼吸声,好像近在耳边,打在她的耳郭上,那样清晰。

袁北没好气地道:"你管我!"

为什么发火!

汪露曦的眼泪就这么憋回去了,她也来了脾气:"我又不是一定要见你,我回去了!"

"你敢!"

汪露曦堪堪停住了脚步。

机场大厅好像一个巨大的交叉路口,把许多人的命运切割、分离、再连接……这里的相聚和别离一样多,心碎和拥抱也一样多。汪露曦回头望,看着不断交错又散开的人群,心乱如麻。

她不知袁北会从哪个方向来,也不知道他什么时候来。

广播里的登机播报就没停过,一声声、一句句,催促着人们的脚步。

这里是机场。

汪露曦站在大厅的角落想,幸好,这里是机场。

在这里,不论多么激动的情绪,不论何种表达情绪的方式,都能够被接受,大家都很忙碌,不会有人向她投来异样眼光。

可当袁北到了机场,她看见袁北出现在人群里,并快步朝她走过来时,她还是胆怯地往后挪了半步。

如此小心翼翼地、心虚地挪了半步。

袁北手边是一个小小的银白色行李箱,他应当刚刚赶过来,所以额头有一点点汗。

他在汪露曦面前站定,用他那双清冷好看的眼睛自上而下地看了她一遍,才开口:"汪露曦,你能不能给我解释一下,你为什么在这儿?"

几天不见,汪露曦看他好像憔悴了点儿,像是没休息好。

"就——"

不待她说完,袁北又打断:"挺会挑地方,跟我演偶像剧,是吧?"

什么嘛!

"演,那就演个够。"袁北自顾自地说,"机场分别这种剧情,在偶像剧里下一步该干吗了?"

汪露曦愣愣地仰头看着他。

该……该拥抱了。

但她没敢说。

下一秒,她只来得及感觉到手臂上的温度,那是袁北的掌心紧紧地抓着她,一拉,紧接着她就掉进一个怀抱里。

袁北比她高那么多,男人的骨架严丝合缝地将她包裹起来。

汪露曦的呼吸停了一瞬间。

此刻她的眼泪已经干了。

她感觉到了袁北的心跳,原来这样快。

"你不会是跑步来的吧,袁北?"

"这会儿别讲话,行吗?谢谢你了。"袁北的声音在她的头顶,好像有点儿无奈。

"哦。"

那就拥抱。安静地拥抱。

他们站在机场大厅,在无人在意的角落安静地拥抱。

四周仍是那样嘈杂。无所谓了。这是汪露曦第一次拥抱一个年轻的男人,他的气息灼热,他身上是她熟悉的沐浴露的味道。他们牵过手,她也悄悄地亲吻过他的脖颈儿,但这是他们的第一次拥抱。

原来和他拥抱是这种感觉。

汪露曦试图用词汇去描述,可不得其法,她的下巴抵在袁北的锁骨那儿,脸颊贴着他颈窝的皮肤,她似乎都能感觉到他血液的流动。

"袁北,你抱得太紧了。"半响,她艰难地开口。

可他的力道还是没松。

在感觉到汪露曦的双手也回抱住他的肩胛时,袁北的力气好像更重了。

"抱歉啊,"袁北说,"麻烦你再忍一会儿呗。"

汪露曦一下子笑出声。

过了很久,很久。

她也不知道这个拥抱到底持续了多久,久到好像要把之前亏欠的全都补回来。

终于重获自由时,她望着袁北的眼睛。袁北身后那行色匆匆地走向四面八方的人群都成了动态背景板,她的眼睛里只有他一个。

"为什么说我演偶像剧啊?"汪露曦问。

袁北没有回答这个问题，缓缓地放开她，表情也变得严肃，好像刚刚那个拥抱带来的旖旎氛围都被收束了。

他问她："你几点来机场的？"

终于回归正题。

"乘早上第一班地铁来的。"汪露曦喃喃着。

"你来机场干什么？"

"想试一试，有没有可能碰见你。"

"你知道我的航班？"

"不知道。"

"那你打算等多久？"

"我查了航班信息，打算等到……"汪露曦的声音越来越小，"等到最后一个可能的航班起飞，要是没等到，那就证明确实没有缘分。"

缘分。

袁北笑了一声，这可真是一个不错的借口，不论何时，不论何种境遇，人们总喜欢用缘分这个词解释一切。

"那你有没有考虑过，我今天要坐的飞机其实从大兴机场起飞？"

汪露曦继续低头："考虑过啊，要真是那样，就更没办法了。"

这世上哪有所谓的"没办法"？

人们说没办法，都是决心不够罢了。

袁北望向远处，深深地吸气，用近乎认命的语气说："在你给我发消息之前，我打算去找你。"

这才叫办法。虽然……是一个早该付诸行动的办法。

此时此刻，袁北难言心里的懊悔，这么多天了，他到底在跟自己较什么劲呢？

"真的假的?"汪露曦猛地抬头,眼神带着惊喜,"你找我干什么?"

"你说呢?"袁北捏住了她的下巴。

"别笑!别龇牙!"袁北故意皱起眉头,"你不饶我,我就该想到有这一天。"

汪露曦脸上露出疑惑的表情:"我不饶你什么了?好像这么多天我都忍着,没找你吧?"

袁北被气笑了,连连点头:"好,你说得对。"

然后他松开手,转而揽住她的肩膀,再次把她扣进怀里。

汪露曦就像在夏日坠入一大片被阳光晒过的、暖洋洋的海里,海浪带走了她的所有眼泪、所有委屈。

拥抱好像会让人上瘾。

她和袁北之间断了的信号,在这一个拥抱里,重新复位了。

"袁北,你身上好香。"

"别说话了。"

汪露曦闭了嘴,却在暗自窃喜。

她终究等到了那艘船,还被绑到了他的甲板上。

如果让汪露曦评价二〇二三年,并评选出最浪漫的场景,她一定会选机场。

她和袁北初次相识那天,还有分别的这一天都是在机场。

机场真是个好地方。

袁北今天的穿搭,和他们第一次在机场见面那晚很像——米色,日系,杂志风。汪露曦的手被他牵着,眼睛却不自觉地上下打量,好像怎么也看不腻。

袁北订的航班确实是在北京大兴国际机场起飞。北京首都国际机场在北京的东北角,而北京大兴国际机场在北京的南边,两个机场之间的驾车路程有八十多千米。

两个人上了网约车,司机看了看订单,又愕然地看着这一对小情侣:"你们俩这是……看错机票了?"

袁北笑了笑:"对。"

万幸,时间还早。

"你能不能给我讲一讲,这几天都在忙什么?"袁北忽然开口,仍执着于这个问题,关于没有联系的这几天,她都在忙什么。

汪露曦这会儿诚实了:"我没有跟你讲话,但一直坚持发朋友圈,保持存在感。"

袁北无语了。果然。

他偏偏就吃这一套。

"我送你的礼物你收到了吗?裱一幅字画好贵的!你有没有把它挂起来?"汪露曦的心情很好,心情好了,嘴就闲不住。

袁北把她的手裹在自己的手心里,看着窗外:"没。"

"你不喜欢?"

"一般。"

"为什么?"

"我不喜欢那句话。"

汪露曦猛地把手抽出来:"你不喜欢为什么还要写来送我?"

袁北沉默了一下,重新捉回她的手,放在唇边亲了亲:"因为我刚刚才感觉到,这句话有多伤人。"

莫愁前路无知己。这样的道理谁都懂,可谁能那样通透无畏地抛弃执念，大步向前呢？当下，身边拥有的，就已然是一切了。

袁北真的想不到前路会有什么，他不感兴趣。

再精彩，也与他无关。

"你不追求结果了？"汪露曦盯着袁北的手背，他牵着她的那只手的手背又好看又流畅的筋络。

"我不知道。"袁北说，"我只知道，如果我连过程都错过，结果好像更加没意义。"

汪露曦投来迟疑的眼神。

"我的意思是，我会后悔。"袁北低着头，声音也很低沉，"汪露曦，我不知道我们以后会怎样，会有什么结局。我没有那么聪明，也没那么长远的眼光，我们未来或许圆满，或许失败，我真的不知道。我只知道如果我今天就这么走了，我一定会后悔。"

"哦，"汪露曦撇了撇嘴，"原来只是为了不让自己后悔。"

袁北扭头看她："不然呢？"你想听什么答案？

"你应该说，这些天你没有联系我，觉得生活特别难过，发现你的人生已经不能没有我了，是我点亮了你。"汪露曦摊开空闲的那只手，在他脸边晃了晃，"spark！"

这是标准的偶像剧台词。

袁北无奈地扭头望向窗外，笑得肩膀一耸一耸的。

前排的司机也笑出声来了："年轻人啊，谈恋爱真好啊！"

汪露曦这会儿终于觉出不好意思来了，把脸埋在了袁北的肩膀上。

真是荒诞又戏剧性的一上午。

直到他们抵达北京大兴国际机场，汪露曦仍然觉得难以置信，像做梦一样。

袁北就站在她身旁,还牵着她的手。

这个机场真的好大,汪露曦之前没来过,第一次到这里竟然就要送自己的男朋友出国。

不对,不对,还不是男朋友。

汪露曦抿着嘴唇,盯着袁北的后脑勺。

"飞机航班在下午,你别送我,"袁北查完机票回头,对上汪露曦怪异的眼神,"这儿离市区太远,回去不方便。你先走,我看着你走,不然我不放心。"

汪露曦还是那样幽幽地盯着他。

"你这小脑袋又在琢磨什么呢?"袁北问。

她撇了撇嘴。

"听见没?一会儿我自己进去。你,回家,门的密码还记得吧?"

她还是不作声。

"汪露曦。"袁北喊了一声。

汪露曦:"……"

她用了些力气,在袁北讶异的眼神里把手抽了回来:"袁北,我觉得你好像还欠我一句话。"

袁北面露不解。

"你今天走了,我以后还可以联系你吗?"

袁北皱起眉:"什么?"

"我用什么身份联系你?"

"你说什么身份?"袁北再次把她的手拎起来,晃了晃。

"你不说我怎么知道!"

袁北看着她,半晌后,明白了。他笑:"哦,缺点儿步骤是吧?"

汪露曦憋着笑，把头扭向一边。

偶像剧里的男、女主角确认关系，都是要有步骤的，一步都不能少。她需要这样肯定的答案，不能省去。

袁北明白过来，也愿意在这大太阳底下、闹哄哄的航站楼门口，陪她演偶像剧："请问汪同学……"说不下去了，他有点儿想笑，"请问汪同学，你有男朋友吗？"

"暂时没有哦。"

"那么请问，我有机会吗？"袁北说，"我发现自己舍不得北京，好像更舍不得这里的人，所以，最多过两年，我大概率还是要灰溜溜地回来。"

这里是我家，这里有我想念的人。

在别处，我安不了这颗心。

袁北突然发现世事难料，他原本觉得自己在这座城市算是了无牵挂，现在偏偏又有了。

只是说服自己的环节有些难。

万幸有汪露曦，蛮不讲理，阴招阳谋全都使了，把他拽出了那片自困的泥沼。

自泥沼中脱身，他仍然有不真实和不安全感，因为要对抗自己的价值观与性格做出决定。这些步骤要以感情和冲动为基石和燃料。

此刻，他能站在这里，就已经把自己身上的所有燃料都用尽了。

但他愿意。

对别人，未必，但如果是你，我愿意，汪露曦。

好像也只能是你。

汪露曦听明白了他刚才说的话，也因此再次有了想落泪的冲动。

她将头扭向一边，高高地昂起："你求我。"

袁北笑了一声："求你。"

"没听清。"

袁北看了看周围，有点儿无奈，但还是照办："我求求你，赏个脸，做我的女朋友，可以吗？"

汪露曦满意了，大笑着跳起来，像树袋熊一样挂在了袁北身上，把他吓了一跳。袁北赶快揽着她的腰，别让她摔下来。

她贴着他耳边，咬耳朵："好呀，可以，不过异地恋很辛苦的。"

袁北想：是啊，是很辛苦。

"我不怕辛苦。"汪露曦说，"只要是过程，再辛苦，我都不怕。"

你的燃料，我会慢慢帮你补齐。

我们一起看一看你畏惧又期待、追求又抗拒的结果到底是什么模样，看一看它会不会在万分璀璨的过程面前，在我们一起构筑的无数个瞬间面前，黯然失色。

袁北这样的人，在公共场合拥抱已经是极限。

汪露曦也知道，所以没有想更多。

她听了袁北的话，没有进去送他。

此时是下午，日光正炽热，她盯着袁北的背影进了那扇玻璃门，片刻后，却发现他的脚步停下了。

他去而复返。

"怎么了？"汪露曦问。

袁北没说话，只是把手掌覆在她的后脑勺，轻轻地亲了亲她的额头，很短暂，随后不肯看她的表情，扭头便走。

这是干吗呀？

汪露曦来不及感觉到幸福，只是有点儿蒙。

令她更蒙的还在后面。她看见袁北再次走入航站楼，没过几秒钟，又回头。

"你又怎么了？"她看见袁北抿着嘴，朝自己走过来。

"我还是不想后悔。"袁北说。

他装作若无其事，看了看周围行色匆匆的路人，确认无人注意这边，然后俯身，低头。

汪露曦这次感觉到了袁北嘴唇的触感，凉凉的，软软的。

第一次——

一个不算合格的初吻。

他们确认恋爱的这一天，也是他们分别的这一天。

鲜少有人的爱情是从离别开始的吧，汪露曦这样想着，笑出了声。

她还是骗了袁北，没有乖乖地打车回家，而是坐在机场外，坐了很久，一如他们初见的那晚。

不过那时她抬头可见繁星，此刻，则是碧空如洗。她抬眼望，直到头顶有飞机滑翔而过，留下一道浅淡的尾迹云。那是夏天的破折号，破折号的另一头，是未完待续。

这个夏天结束啦。

汪露曦站起身。

她不会再觉得遗憾，不会再为此无限缅怀，因为这个夏天，也只是过程中的一环，也只是瞬间而已。

她即将拥有无数个春夏秋冬，拥有这座城市的四季。

Extra 01

初雪

汪露曦：汪师傅恋爱啦！

汪露曦：汪师傅开始了一段浪漫的异地恋！

汪露曦：请祝福汪师傅！

汪露曦恨不得告知所有好朋友，关于她和突然遇到的心动对象兜兜转转终于成功牵手的好消息。

朋友很不理解，觉得她不久前还在深夜难过，说自己失恋了，怎么这么快就和好了？一点儿过渡都没有吗？

汪露曦却觉得这很合理："他喜欢我，我也喜欢他，之前只是有一点点矛盾，又不是什么大事。"

"所以呢，矛盾呢？解决了？"

汪露曦很肯定："当然！"

虽然袁北大概永远不能像她一样，时刻对路途上的风景保持百分之百的信任和期待，但至少，有她拉着袁北一路走，一路看，能让他对那个所谓的未知结果有些信心。

好像这样也不错。

汪露曦美滋滋的，跟朋友讲了一遍事情的经过，可朋友接下来的话让她迟疑:"这么看来,他是在赌。"

"什么意思啊?"

"不好说,或许我和你男朋友是同一种人吧。我如果认定一段感情的风险很大,看不清未来,是绝对不敢开始的。"朋友说,"除非……"

"除非?"

"除非我非常喜欢那个人,才愿意上赌桌。注意哦,我不是下注的人,我是筹码。"

汪露曦握紧了手机,开始抠着宿舍里床的铁栏杆。

在爱情里,要拿自己当筹码,将自己的一颗真心剖出来,押上去,是要很大勇气的。

特别是对袁北这样的人来说。

这也是确认恋爱关系以后,汪露曦狂喜之余,第一次站在袁北的视角看待这段感情。

她忽然觉得或许自己小瞧袁北了,小瞧了袁北那天出现在机场,在大庭广众之下把她拥在怀里的决心。

汪露曦的新室友们也很快知道她有男朋友。

一是总见她在宿舍通电话;二是因为她婉拒了学院里一个男生想在国庆节跟她一起去爬山的邀请。汪露曦拒绝的理由是:"鬼笑石吗?我和我男朋友去过一次啦,下过雨的话路很滑,山上也很凉,你去的时候记得多带一件外套哦。"

至于爸爸、妈妈,汪露曦也没有瞒着,大大方方地说自己谈恋爱了,是同校的学长。

爸爸、妈妈先是感到惊讶,这才开学几天?也太快了吧?

紧接着便是身为父母的合理担忧,他们反复叮嘱汪露曦,年轻人嘛,恋爱可以,亲密接触也免不了,但要注意安全。

汪露曦当然听明白了,所以嘿嘿一笑:"我们没什么亲密接触,我甚至见不到他。"

"不是同校的学长吗?"

"是啊,不过他现在……离我有点儿远。"

有多远呢?

其实也就是六千多千米的飞行距离,九个小时的飞行时间而已。

汪露曦深深地呼吸。

一开始她算不准时差,也摸不准袁北的生物钟,给他打电话过去的时候,常听见他沙哑的嗓音,明显是刚从睡梦里被揪起来。汪露曦连声说不好意思,然后又忽然反应过来:"不对啊,你睡觉时不是习惯静音吗?"

袁北在电话另一端低声笑着:"……现在哪儿有这个资格。"

他至少要有随时待命的态度,这是身为男朋友的基本素养。

汪露曦虽然拥有了袁北家的大门密码,却极少去他家,因为觉得待在空荡荡的房子里很没趣。可如果在出去逛街,买到什么好玩的小摆件或是冰箱贴时,她就会把它们摆到袁北家里。

汪露曦和袁北打视频电话时,袁北隔着屏幕看自己家客厅已经不再是那个没有任何软装的样板间,目光所及之处有了许多彩色,特别是冰箱门,都快被冰箱贴贴满了。

汪露曦还把自己精挑细选出来的拍立得相片装饰起来,搞了一块照片墙,就挨着袁北的鞋墙,中间位置是她和袁北的唯一一张合照——袁北在她身后安静地看着她的那张合照。

汪露曦特别喜欢这一张。

"对了,我替你收了快递,好像是你的朋友给你寄的婚礼伴手礼。"汪露曦问,"要帮你拆吗?"

"拆吧。"

伴手礼来自那两位恰好在同一天、同一家酒店办结婚典礼的好朋友。袁北没能去参加婚礼,所以对方把礼物邮来了。

汪露曦听过这段故事,也感慨过,这两个人这么有缘,分分合合,为什么就走不到一起呢?到头来还是让人意难平的结局。

她用剪刀拆开快递,喜糖掉出来了,还有一张手写的感谢信,上面写着:感谢您来见证我们的幸福,这是我们相恋的第七年。

"啊?"汪露曦不明白,"为什么是第七年?"

袁北笑:"他们既然分分合合,那有没有可能,在最后关头又反悔了呢?"

汪露曦还没反应过来。

袁北也是听发小说的,这两个人根本就是因为吵了架,和对方赌气呢,什么相亲,什么闪婚,什么订婚宴,通通是为了演戏给对方看,到头来逼得彼此心里都有一股火燃起来,直接冲到对方家里去了。

后续发展好像不用多说。

第二天早上,两个人和好了,一切如常,就好像从未吵过架一样,和各自家里人说明情况,挨了一顿骂,然后继续婚礼进程,和谐极了,只是可怜了身边这一圈朋友被耍得团团转。

汪露曦听得直笑,拆了一块巧克力塞进嘴里。

她太喜欢这种有情人终成眷属的剧情了。

就该是这样嘛,人既然有感情,就不能装作无心,更不能压抑。绿水青山常在,但爱情不常有,碰到了却不争取,总有一天会后悔的。

汪露曦突然说起:"天气预报说明天下雪,我和同学约了去故宫角楼。"

十二月初,今年北京的初雪来得要比往年晚。

"去吧。"袁北说。

"我会给你拍照片的!"

"好。"

结果第二天一整天,汪露曦都没主动给袁北发消息,说好的把照片发给他也没发。

袁北问了她一句,却得到她惆怅的回答:"什么初雪啊,就几片小雪花,细沙一样,还没落地呢!就化了!"

"那拍到了吗?"

"没有。"汪露曦很生气,"我的拍立得都拍不出雪来。"

"那下次再去。"

"谁知道下次是什么时候!"

北京作为一座北方城市,冬日有雪,但坦白讲,下雪的频率的确不高,尤其是近几年的冬天,印象里那种漫天飞雪的情景越来越少见。

因为少见,所以更加珍贵。

袁北小时候经历过自行车前轮会下陷的大雪,但汪露曦没有。

"我帮你盯着天气预报,提醒你。"袁北说。

总该有一场大雪吧。

可是谁也没想到,为了等这一场雪,不知不觉就到了岁末年尾。

圣诞节当天是周一。

汪露曦早上第一节有课，上完课想回宿舍看会儿书来着。可事实证明，在天冷的季节，被窝的诱惑实在太大了，只要床在视线范围之内，她什么也干不了。

她坐在桌前纠结了十分钟，一页书也没看进去，最后把书一合，爬上床，抱着珊瑚绒枕头，舒服地叹了一声气。

她迷迷糊糊地睡了不知道多久。

其间她听见室友回来了，又走了，她们在聊天，好像是说外面天气不大好，太冷了，要戴个帽子。

汪露曦真的很想爬起来，但就像被床绑架了一样，怎么都起不来。

最后是袁北的电话让她清醒过来。

"宝，还睡呢？"

汪露曦把被子盖过头顶，一边乐一边狂蹬腿，她好喜欢袁北这样喊她，语调懒洋洋又慢悠悠的，带着随意又自然的亲昵。

"我醒啦……"她说。

"外面下雪了。"

"啊？哪里下雪？"

"北京，"袁北那边很安静，"北京下雪了，你看一看去。"

汪露曦一下子就从床上爬起来，快步走到宿舍的阳台上，推开门一看："嚯。好大的雪啊，袁北！"

好大的雪，雪花像是羊绒，成片悠悠地落下。这才是汪露曦想象中的北方的大雪，地上已经积了一层洁白的雪，带着干净清透的光亮，还有些挂在树枝上，盖在车顶上。

雪花还在纷纷扬扬。

汪露曦看呆了，撑着阳台的栏杆感到懊恼："哎呀，我下午有课！！！"

有这样的大雪，她都不敢想雪中的故宫会有多好看。

偏偏，她还有课！

"第几节？"

"第一节……好像第二节也有……"汪露曦想看雪的心思都按捺不住了。

"先好好上课，"袁北说，"天气预报说这场雪会下很久。"

真的吗？

汪露曦将信将疑。

等挂了电话，她在衣柜里翻找厚衣服，拿出一件毛衣加上，这才敢出门踩雪，往食堂走去。

午饭时间，校园的路上很热闹，又有这样一场大雪，有人举着伞行色匆匆，也有很多人结伴在路边拍照、堆雪人。

汪露曦戴着耳机，一直盯着脚下，很怕滑倒。可越怕什么越来什么，她走到宿舍楼下的自行车棚处，为了避开横七竖八的共享单车，脚下一滑，还是跪下了，差点儿就整个人都扑在地上。

一只手伸过来把她拉起。

这是一只男生的手。

汪露曦站起身后，拍了拍膝盖，听见这个男生问她："还能走吗？"

"能，没关系。"

她抬头，这才发觉对方有点儿眼熟，大概是在上某一节大课时碰到过。

"你去食堂吗？"

"对。"

"那慢一点儿走,前面有人在撒融雪剂了。"男同学这样提醒。

汪露曦没多想,和这个男生并排往食堂走,时不时搭几句话。

他们在路上还碰见打雪仗的人,汪露曦也是第一次知道在北方打雪仗是真的"打",雪能被捏成一个个小雪球打过去。

她身旁的男生从包里拿出一把伞,撑开:"雪越下越大,还是撑伞走,你看你的帽子都湿了。"

汪露曦抬手,摸了摸帽子上的毛绒球,确实,它因为被雪沾湿,显得没精打采的。

她再次和男生道谢,然后躲进伞下。

伞是黑色的,伞骨坚固,伞面下足够容纳两个人。汪露曦抬头扫了一圈,很满意,顺便掸了掸肩膀上的雪。

就在这时,她的余光瞥见道路尽头的拐角处立了一个孤孤单单的人影。

那个男人个子很高,穿一身黑衣服,那宽大的羽绒服看着倒是很暖和。他戴着黑色鸭舌帽,帽檐遮住了眉头,再加上衣领遮住半张脸,汪露曦只能隐约瞧见他的一双眼睛。

一双她很熟悉的、清冷的眼。

他的目光很沉静地投射过来。

他在雪中站着,像个黑色雕塑。

汪露曦的手心开始冒汗,她定定地盯着那个男人的方向,试图仔细辨别,脚也因此不听使唤。

"怎么了?"男同学问她。

"我……忘拿东西了。"汪露曦胡扯。

"那回去拿?"

她点了点头:"嗯,我先回去,麻烦你啦,不用等我了。"

男生犹豫了一下,说了声"好"。

汪露曦装作原路返回,走了几步,又停下了,回头再瞧了瞧道路尽头,那"雕塑"还立在那儿呢。见男同学撑着伞自他面前路过,"雕塑"还盯着人家看,目送人家走出很远,才收回目光。

然后,他重新看向汪露曦。

天色阴沉,隔着飘飘洒洒的雪幕,行人匆匆。从道路的这头到那头,明明是汪露曦每天都会走的再熟悉不过的路,但今天她走了很久。

她的步速很缓,因为她还不敢相信。

她每往前一步,就少一分诧异,多一分狂喜,直到冷空气仿佛被加热至沸腾,雀跃溢满她整个胸腔。

雪还在下。

但她已经感觉不到冷了。

她走到道路尽头,站定,仰头。

"请问……"汪露曦盯着帽檐下的那双眼睛,努力稳住心跳,"请问这位同学,你从哪里来呀?"

袁北的眼睛微微一弯。

他没回答,却笑了。

汪露曦的眼底有点儿发热,她上下打量袁北,从帽子到鞋子,细细地瞧他身上的每一处……仍有点儿难以置信。

他是怎么穿越风雪,来到她面前的?

"你今天这是什么穿搭啊?"汪露曦也想笑,可一笑,就带着点儿哭腔,抬手一拳砸在袁北的肩膀上,"你干吗这么好看!站在这儿等人搭讪呢？老学长！"

"不好意思啊，我有女朋友了。"袁北开口，令汪露曦熟悉的声音终于从手机话筒里蹦出来，成为现实，真实而平稳地响在汪露曦的耳边，"我是来找我女朋友的，请问你认识她吗？"

疯了吧！

汪露曦再也忍不住，猛地上前，奋力一跃，挂在了袁北身上。袁北用手臂托着她，将她抱离地面。

有细小的雪花钻进了汪露曦的鼻子，痒痒的。

女朋友，女朋友，你女朋友现在想揍你！

"为什么不提前说？你什么时候回来的？"

"圣诞节假期，我忍不住，"袁北贴着她的耳侧说，"想回来看一看你。"

"那待几天？"

"明天就走。"

明天？

汪露曦这次直接喊出来了："你疯了吧，袁北！"

"是。"袁北无所谓地耸了耸肩，毕竟天气不等人，总算没有错过。

恋爱里的人非疯即傻。

他看了一下时间："等你下课，我们就出发，我带你去看雪。"

"去哪儿？"

袁北捏了捏她的脸："还能是哪儿？"

当然是故宫。

故宫东北角的角楼，是冬日紫禁城的浪漫一角。大雪纷飞，落在红墙金瓦之上,银装素裹,安静肃穆,满眼都是厚重年华驶过的痕迹。

汪露曦喜欢北京夏天的热烈和烟火气,也沉迷于它冬天的梦幻与静谧。

她后来又来故宫角楼拍了很多次雪景,留下了许多照片,但没有哪一次比今天更让人印象深刻。

因为今天有袁北辛苦辗转,远道归来,可能他在飞机上往返的总时长都要跟这次落地北京待的时间差不多,但他依然这么做了。

他只是为了陪她来故宫看一看雪而已。

谁说袁北不会冲动的?

他冲动起来不管不顾,汪露曦算是见识了。

他们携着一身风雪回家,袁北汹涌的吻快要把她淹没、吞噬。

她的背抵着玄关,动弹不得,手一拂,不小心把柜子上的一瓶无火香薰打翻。

那是她前段时间买的,摆在家里,是因为觉得它和袁北身上的气息很像。

要命啊!

"我的衣服是白色的,弄脏了!"

"我给你洗。"袁北把她接下来的话都堵了回去。

整个屋子都被如草木一般的青涩气息笼罩,家里暖意升腾,汪露曦只觉得脑袋昏昏沉沉的。

哦。

面前本是一个低需求、对什么事情都提不起兴趣的人——她忽然觉得,其实她之前的这种评价也不是特别准确。

她认识到袁北热烈的一面,并心甘情愿地沉溺,与他一同燃烧。

哦，对了，她还瞧见了袁北肩膀上的图案。

黑色的机械零件随着他的动作好像要破开皮肤，汪露曦觉得那个图案很好看，就是过于冷冽了些，她轻轻地将嘴唇贴过去，小心地亲了亲。

她想在那密不透风的金属缝隙里，栽种一朵花，然后用阳光浇灌它。

直到雪后初霁，晨曦遍洒。

万物都变得明朗。

第二天，汪露曦发现袁北不知什么时候把微信头像和朋友圈封面换了，换成了一张偷拍，是她看雪时，他站在她身后的偷拍。

"这好丑啊！"

"我觉得好看。"袁北把手机举高，不让汪露曦抢到。

"你今天的飞机航班是什么时候？"汪露曦紧紧地抱住袁北，侧脸贴着他的胸膛。

"晚上。"

"那我们今天做点儿什么？"

"你定。"

汪露曦笑了："我们可以先出去吃个早饭，然后去看一看你的猫！"

回来一遭，只看人，不看猫，好像不太公平。

袁北自然没意见。

他去换了一件衣服，出来却看见汪露曦正站在那面照片墙前发呆。她拿了一枚图钉，把昨天拍的故宫雪景的那一张也固定在上面。

"快满了，"袁北说，"我不介意你再开辟一块新的照片墙。"

"那可以把你的鞋墙拆了吗？"

"你敢。"

汪露曦大笑着，扑进袁北的怀里。

阳光从窗户洒进来。

又是新的一天。

太阳日日都会升起，每天都一样，却也不一样。

一面照片墙好像确实不够容纳北京所有的好风光，不过没关系，因为有更多风景会被记在心里。

汪露曦在心里与太阳打了一个招呼。

早啊！北京！

然后她踮脚亲了亲袁北的下巴。

我爱你！北京。

Extra 02

"不稳定"时刻

——异地恋很辛苦。

——是呀,是很辛苦。

谈恋爱的第一年,汪露曦时常会想起她和袁北曾经关于异地恋的讨论。

毕竟两个人刚确定恋爱关系,袁北就出国去了。一次视频电话里,袁北掂酌再三,打算和汪露曦约法三章。

袁北这人,一旦说起正经事,就会立刻变得严肃起来。汪露曦看得出来,所以不敢打岔,她信誓旦旦地举起三根手指竖在耳侧,轻咳一声:"你放心吧,袁北,虽然我们学院的男生很多,课外活动也很多,但我保证!我绝对跟他们保持距离,时刻谨记自己是有男朋友的人!请放心,我一定听你的话!"

说完,她还对着手机的前置摄像头亲了两下。

紧接着,她就看到袁北眼睛里的无奈,然后是他侧过脸去因为憋笑而颤抖的嘴角,还有泛红的耳垂。

汪露曦觉得诧异又有趣。

镜头只拍到了袁北的肩膀。

他似乎深呼吸了两下,重新摆出正经的姿态,才继续开口:"小姑娘说话讲点儿良心,到底谁听谁的?"

汪露曦大笑起来。

这一年的夏天,期末考试结束后,同寝室的几个女孩子约好去北京野生动物园玩。

这是汪露曦第二次去了。

夏天阳光充足,晒得很,北京野生动物园的园区很大,却也因为周末人多。几个人在园区租了一辆卡通造型的四座代步车,汪露曦自告奋勇地当了司机,沿着指示牌绕了大半天,才将每个场馆逛了一遍。

她们最后到了水豚的区域。

这是汪露曦最感兴趣的小动物。

水豚看上去永远慢悠悠、懒洋洋的。汪露曦觉得亲切,因为它和袁北太相像了,情绪稳定,一副对万事不上心的模样。

胸前挂着的拍立得可以发挥重大作用,汪露曦拿着橘子和积木,一边和室友在水豚的脑袋上玩"叠叠乐",一边拍下照片。

北京野生动物园的小动物都有严格的"上下班"时间,水豚在"下班"的路上刚好与一群鹈鹕相遇。鹈鹕张开嘴,一旁便传来工作人员的高喊:"哎!不许吃'同事'!"

周围的游客发出一阵哄笑。

汪露曦也跟着笑,觉得更有趣的是水豚的反应。它饶是脑袋被卡进了"同事"的嘴里,也依然淡定,一动不动。

她迅速和水豚拍了一张合照,给袁北发过去:*也算是跟你合影啦。*

那边火速回复:*我比它好看。*

袁北还附带一个傲娇的表情包。

汪露曦成功被逗笑。从前极少发表情包的人，如今也是表情包大户了，袁北所有表情包都是从汪露曦这里存来的。

汪露曦偶尔会感慨——恋爱，会发掘一个人的隐藏属性。

她正对着对话框傻笑，室友把脑袋凑过来，扫了一眼屏幕，撇了撇嘴："汪师傅，别秀恩爱了行不行？"

汪露曦有一个在国外的男朋友，谈了快一年了，感情还是非常好，大家都知道。

室友不止一次询问过汪露曦到底如何维持恋爱浓度的？这次忍不住又问了一遍。

异地恋不易，别说异国了，哪怕两个人不在同一所学校，平时无法经常见面，都很容易有些小误会、小争吵。更何况他们隔着几千千米，真的太辛苦了。

可汪露曦并没品味到"辛苦"。

细细想来，恋爱近一年时间里，她好像从未和袁北吵过架，一次都没有。一切都平淡又温馨，无波无澜，虽然这样细水长流的恋爱与她曾经设想的偶像剧不同，但好像也不错。

她对室友说："可能是因为我和我男朋友有'约法三章'？"

那是袁北提出来的。

这场异地恋，他对汪露曦没有任何其他要求，唯独有这三点——

第一，有心里话要说出来，不能藏着掖着。

第二，有矛盾要当天解决，不要带着情绪过夜。

第三，不论彼此多忙，每天都必须有交流，哪怕只是一句简单的晚安。

作为规则制定者,袁北严格遵守着,汪露曦也一样。

室友恍然大悟,喷了一声:"你男朋友真的挺成熟的。"

汪露曦心说:当然了,不然他白白比我大几岁?

"不止成熟。"她笑着指了指远处成群结队的水豚,"我男朋友就和水豚似的,情绪太稳定。"

"他没和你红过脸?"

"红脸啊……"汪露曦仔细地回忆了一下,"有啊!当然有!"

"比如?"

为了给袁北做一场情绪稳定性测试,汪露曦当即拨了一个视频电话过去。

视频另一边,袁北在图书馆,戴着耳机,用手势示意她稍等一下,现在不好讲话。

汪露曦赶紧摇头,表示不需要袁北出声,只需要他听着就可以了——

"袁北,我好想你呀。"

"袁北,我怎么这么喜欢你呢?"

"袁北,我可不可以亲一亲你呀?"

她附带了一个镜头里的亲吻。

下一秒,肉眼可见,袁北的皮肤红了。

从耳垂,到脖子。

他的肤色本来就白,所以格外显眼,这是汪露曦偶然发现的,但凡她说点儿肉麻的情话,袁北必定会害羞,完全招架不住。果然,屏幕里的人无奈地用手掌遮住了额头,然后匆匆地把手机扣在了桌面上,不肯让人看他窘迫的表情。

"天哪!汪露曦你够了!别秀了!"

在室友的尖叫声里,汪露曦笑得更加欢快。

红脸……这怎么不算呢?

这可是袁北为数不多的情绪"不稳定"时刻。

她非常喜欢。

Extra 03
每分每秒的想象

袁北有圣诞假期。

虽然短暂,却很珍贵,这意味着他可以飞回北京,一颗心只有在飞机落地北京时才会有片刻踏实的感觉。

在他临行前的视频电话里,汪露曦忸怩地捏着枕头的边:"啊……其实你不回来也可以的,会不会太辛苦了?"

她紧抿着嘴唇,调整语气:"真的,飞机飞太久了,不想你太累,我……"

袁北顿了顿。两三秒的安静后,他开口:"行啊,那我不回去了。"

汪露曦一下子从床上爬起来:"哎?"

回应她的,是话筒那边轻轻的笑声。

袁北笑够了,逗她:"你装什么呢?"

汪露曦也跟着笑。

爱一个人,怎么会不想念呢?怎么会不想见到他呢?心疼袁北长途跋涉是真的,但想和袁北一起过圣诞节的愿望也是真的。

袁北回北京后,汪露曦本想到北京环球影城门口那棵巨大的圣诞树前拍照，但碍于时间实在太紧，遂作罢。她在网上查到蓝色港湾有氛围浓厚的圣诞市集，所以拉着他一起去逛。

这大概是北京最有圣诞氛围的地点之一。天黑后，圣诞树和彩灯依次亮起，店铺前有大大小小的雪人，还有人造雪景。

汪露曦追着袁北问："在欧洲过圣诞节是不是更好玩儿啊？"

毕竟文化背景不同。但袁北牵着汪露曦的手塞进了外套口袋里，捏了捏："没觉得，还是北京好。"

人造泡沫雪仿佛乘着爵士乐的音符缓缓落下，落在袁北的肩膀上。汪露曦盯着他，看着看着就心痒痒，勾了勾手指让袁北转过身来，在他不明所以时火速亲了他的嘴唇，然后朝他傻乐。

在浪漫的节日氛围烘托之下，来逛市集的情侣多得很，汪露曦没有任何不自然，但袁北又脸红了。她歪着脑袋打量，眼睛闪亮，像是哄人般轻声说："你冷啊？"

袁北轻咳了一声，攥着汪露曦手的力道重了几分，转身快步往停车场走。

"哎，不逛了？"汪露曦问。

"回家。"

"现在？"

"嗯，我冷。"

相见之前是浓重的想念，离别之后便是难以忍受的戒断反应。已经是二〇二五年的年初，袁北过完圣诞节离开后，汪露曦就陷入了一连几天的低迷情绪中，可翻了翻手机日历，距离袁北结束学业回国也不过还剩半年。

"这样想一想,好像也不是那么难熬了。"汪露曦在视频电话里跟袁北说,"我们可真厉害!"

不知不觉,他们竟然真的度过了一年半的异地恋!

汪露曦的语气让袁北心里发酸,他思索了一下,告诉汪露曦:"我已经结束课程学习了,之后就是论文和研讨会,如果顺利的话,六月就回。"

"如果顺利……还有可能不顺利吗?"

袁北吓唬她:"不好说。"

他不想跟汪露曦分享他在学业和生活里的任何不快和压抑,这姑且可以算是男人的自尊心。

袁北轻飘飘地将话题转移:"你这个周末怎么过?"

汪露曦和室友的关系很好,除了同学,还有很多课外认识的朋友,比如去香山拍照认识的阿姨,还有去奥林匹克森林公园跑步认识的老爷爷。汪露曦的社交能力强,去哪里都能交到新朋友。最近这半年她又爱上了运动,总是闲不住,上个周末去密云区滑雪,差点儿把胳膊扭伤了。

"期末考试结束啦!我不想这么早回家,我要去学攀岩!我约了一个室内攀岩馆!"

袁北无语,把卡在嘴边的那句"别贪玩,别逞能"硬生生地咽了回去,犹豫了半天,只缓缓地说:"注意安全。"

袁北原以为汪露曦只是因为离开生活了十八年的家乡,走进了新城市,待在新的环境,才会那样兴奋不知累。后来他才终于明白,汪露曦就是这么一个人,她是火种,无风自燃,连带着他一起被火苗烘烤,周身暖融融的。

袁北对她从一开始的好奇到逐渐笃定，如果说每个人的生命都有缺口，那他的缺口已经被填补。

由春，到夏。

六月，北京逐渐热起来，室友约汪露曦一起去红螺寺。

红螺寺已有千年历史，大门上书"京北巨刹"四个字，香火旺盛，以求姻缘闻名。当高香燃起，树上的红布条满满当当系着的全是少女缱绻的心事。

汪露曦没什么求的，知足对她来说是一件很容易的事。爱情已经很圆满，她更想去空气清凉的御竹林逛一逛，或是去附近的雁栖湖骑车环湖，享受转瞬即逝的初夏时节。

但她耐不住室友的"引诱"："你来都来了！"

"来都来了"实在是让人难以抗拒的四字箴言。

汪露曦请了香，点燃，看着袅袅青烟想了又想，最终闭上眼睛，在心里许下关于爱情的愿望——菩萨啊菩萨，祝您身体健康，还有，请让我和袁北一直相爱吧。哦，对了，可不可以让袁北顺利毕业呀？您不要嫌我贪心，我只是太想他啦。

汪露曦用空了一盒又一盒的拍立得相纸，只是遗憾没有留下几张和袁北的合照。

她迫不及待地想象袁北回到北京以后他们的新生活，转眼间，她的大学生活也已经过半，时间过得可真快呀！

汪露曦偶尔也会骄傲一下：看吧，我和时间掰了手腕，如我所愿，意料之中，真爱果然大获全胜。

汪露曦携着一身香火气踏出大殿，阳光洒在脸上，手机刚好响起新消息提示音。按时差来看,她很意外袁北为什么会在这个时间给她发消息,点开一看,脚步一顿,心头狂跳。

袁北:我的论文通过了,毕业典礼在下周。

汪露曦深吸了一口气:然后?

袁北:然后回北京。

下意识的语气总是骗不了人的,袁北最后发语音说:"乖,我会尽快。"

汪露曦缓缓地吐出了一口气,抬头,看见在北京难得一见的蓝天白云。她握紧了手机,看着络绎不绝的香客,半晌后,笑出了声。

红螺寺果真是个好地方呀!

Extra 04

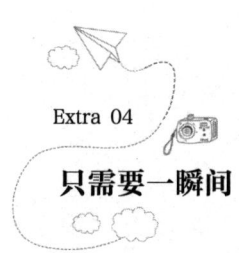

只需要一瞬间

两年后。

汪露曦拍毕业照的那天，袁北陪同。

这是两个人共同的母校，一切都很熟悉，汪露曦捧着手里的花，拉着袁北又去了一次五道口枣糕王。这四年间她都吃了不知道多少次，从一开始对味道感到惊艳，到已觉平常，可一想到下次再特意跑来吃不知会是什么时候，难免又觉得伤感。

汪露曦掰了一块枣糕塞进袁北嘴里："说真的，我还是觉得那年夏天你带我来吃的那次味道最好。"

哪年夏天？

是二〇二三年，汪露曦认识袁北的那个夏天。

袁北揉了揉她的脑袋："心理作用。"

当然是心理作用了，枣糕的地址没变，老板没变，配料也没变，变的只是时间和人罢了。

说到这里，汪露曦看了一眼袁北："怎么办啊？十八岁一去不复返了。"

"想多了，"袁北帮她掸去腿上的碎屑，"你还是一样莽撞，一样毛毛躁躁，一样一身牛劲……你就算到了八十岁也还是这副模样，不用担心。"

汪露曦笑出来，抱着袁北的脖子狠狠地亲了他一下。

汪露曦也希望自己永远都不变。

有些事情可以顺其自然，有些事情就应该始终保持，比如活力，比如勇敢，比如对世界的好奇心。汪露曦原本坚信人的性格是与生俱来的，可以调整，却不会颠覆。可谁知，刚工作两个月，她就觉得自己彻底不对劲了。

"我完了，袁北，我完了。"一个加班的夜晚，汪露曦绷不住了，站在路边给袁北打了一个电话，"我变了！我彻底变成无趣的大人了！"

毕业以后汪露曦没有选择继续求学，是因为对职场好奇，想着反正可以先体验一下，大不了日后和袁北一样，挑个合适的时机重回校园也是可以的。可没想到，真实的职场和她之前想象的完全不一样，她从前看的那些浪漫的职场剧简直是骗人！

两个月内，汪露曦全身心地投入在工作里，跟着部门领导适应环境，努力和前辈同事搞好关系，还完成了人生中第一次出差……新鲜感逐渐被疲惫取代。

她已经好久没出去玩了！

细细回想，其实早在四年前他们刚认识的时候，袁北就给过她忠告——等感受到帝都的压力与节奏，到时候可不要抱怨，不要哭。

汪露曦站在路边，语气弱下去了："袁北，你嘲笑我吧，我马上就要哭了。"

袁北没接话，只是问她："下班了？我去接你，马上到。"

"不急，我在等咖啡。"

现在是晚上十点。

袁北皱起了眉："现在？"

咖啡哪有打工人的命苦啊！汪露曦晚上回家还有些工作要做！她无语地望天，可惜，在北京很难看到满眼的星星，面前倒是有在道路上流转的一盏盏车灯，循环往复，永不停歇。

"袁北，大家都是这样的吗？成年人的世界里，大家都这样累吗？"

小姑娘是真的觉得委屈了。

袁北敲了敲导航屏幕，换了一个更快的路线。

车辆向前，夜色向后。

"差不多。"他说。

"我都很久没出去逛街了，很久没看电影了，也很久没和朋友们见面了。"

"你也不算一算你加班加多久了？"汪露曦刚入职，加班实属正常，袁北都替她记着呢，"明天周六，带你出去玩。"

"真的？"汪露曦只兴奋了一秒钟，"……还是算了，我想睡觉。"

从前的汪露曦可从来不会因为睡不够而难过。

"不去远的地方，"袁北说，"不然秋天就要过去了。"

北京的四季各有风貌，秋天无疑最珍贵。

因为太短了。

秋风扫过，人们裹紧外套时，胡同的边角就已经被落叶覆满。这是深秋的北京，这是北京的深秋。

东城区丰富胡同里有一处小院落,名叫丹柿小院,是老舍先生的故居。院子里有两棵柿子树,每逢深秋,红墙灰瓦成了背景,一切都为衬托枝丫之上缀满的红柿。许多人慕名前来拍照,汪露曦是其中之一,来了后十分雀跃,特别是当午后阳光从胡同里斑驳的墙面跳跃到身上时,好像沉闷许久的坏心情都被拿出来晾晒了。

她舒服地喟叹,然后回头,发现袁北跟在她身后,帮她挡了挡人群。

"老舍先生也很喜欢北京的秋天吧?"她说。

创作有温度、有形状、有性格、有色彩,不然老舍先生在文中提及的北平的美食、天气和风光也不会那样动人。只有真心喜爱,为之感叹,才能感染他人。

北京太神奇了,汪露曦想,她因为好奇来到这座城市,在过去的两个月,她虽然体会到了它的快节奏和压力,但仿佛只要一个下午、一段闲适的秋日暖阳,就足以使她抛掉所有烦恼。此时此刻,她只是一个没有目的地的过客,一个不急着赶路的旅人,路过了北京悠闲又浪漫的秋天,留下一枚剪影。

袁北在她背后举起了她的拍立得。

"我警告你啊,我出门没带新相纸。"汪露曦说,"你好好拍,别给我浪费了。"

她往柿子树那边挪了两步,确保自己站在光影之下。

枝头末梢的柿子又红又圆,仿佛要坠下来。

汪露曦对着镜头扬起了一个大大的笑容。

那句话怎么说的来着?——创作,是有温度的。

相纸缓缓显影,汪露曦看着袁北镜头里的自己,好看是好看,却总觉得不满意,好像是有点儿孤寂……一个人的秋天多寂寞啊。

于是她倒转拍立得,拽着袁北入镜,不顾周围人的眼光,捏住了袁北的脸,使劲上提:"笑一笑啊,三,二,一。"

袁北觉得自己假笑实在太蠢了,干脆转过头,亲了亲她的侧脸。

一片金黄的银杏叶从院外飘落进来,刚好落在脚边。

电池耗空电需要一段较长的过程,但充电只需要一瞬间。就是这么一瞬间,汪露曦觉得自己体内的电池迅速满电了。太神奇了。

我怕是要爱你一辈子了,北京。

图书在版编目（CIP）数据

南北西东 / 拉面土豆丝著 . —— 南京：江苏凤凰文艺出版社，2025.6. —— ISBN 978-7-5594-9372-9

I. I247.5

中国国家版本馆CIP数据核字第20258Q8U75号

南北西东

拉面土豆丝 著

责任编辑	耿少萍
特约策划	梨 玖
封面设计	莫可可
责任印制	杨 丹
出版发行	江苏凤凰文艺出版社
	南京市中央路165号，邮编：210009
网　　址	http://www.jswenyi.com
印　　刷	三河市九洲财鑫印刷有限公司
开　　本	880毫米×1230毫米 1/32
印　　张	8
字　　数	190千字
版　　次	2025年6月第1版
印　　次	2025年6月第1次印刷
标准书号	ISBN 978-7-5594-9372-9
定　　价	48.00元

江苏凤凰文艺版图书凡印刷、装订错误，可向出版社调换，联系电话 025-83280257